FOLLOW YOUR *dreams*

LAURA LÓPEZ

@LAURA_LP21

M

FOLLOW YOUR dreams

Esta es tu canción

Ilustraciones de **Michelle Macias**

Montena

A todos los que se atreven a decidir cuál es su canción.
¿Y tú, te atreves?

Papel certificado por el Forest Stewardship Council®

MIXTO
Papel procedente de fuentes responsables
FSC® C117695

Primera edición: enero de 2019

Travessera de Gràcia, 47-49. 08021 Barcelona

Printed in Spain – Impreso en España

ISBN: 978-84-17460-54-9
Depósito legal: B-25.850-2018

Compuesto en Compaginem Llibres, S. L.

Impreso en Gómez Aparicio, S. A.
Casarrubuelos (Madrid)

GT 6 0 5 4 9

Penguin Random House Grupo Editorial

CAPÍTULO 1 ♥ El premio

Jueves, 15 de abril.
19.00 horas

Bip. Bip. Bip. Lo sabía. En el momento en que consigo organizarme y concentrarme para estudiar, siempre hay alguien a quien se le ocurre mandarme un mensaje. Sí, ya sé que debería apagar el móvil cuando me pongo a estudiar pero... **¿Y si pasa algo importante y no me entero?** Por eso me he inventado una norma que consiste en silenciar las notificaciones de las redes sociales para así no estar recibiendo avisos de Twitter, Instagram, Musical.ly y del resto de las apps mientras estudio. Las únicas notificaciones que dejo activadas son las del WhatsApp, ya que si alguien me escribe por ahí quiere decir que tiene mi móvil y que, por tanto, es de mi entorno cercano. Esta es la teoría, claro, porque una vez, no sé cómo, mi número de teléfono empezó a circular por ahí y tuve que cambiármelo porque no dejaba de recibir llamadas y mensajes de gente que no conocía. En fin, que digo yo que si alguien me escribe un whatsapp puede que lo que me esté diciendo sea algo urgente. ¿Quién te manda un privado por Insta si tiene una emergencia? **¡Nadie!**

Bip. Bip.

—¡Me rindo!

Lanzo el bolígrafo contra la mesa con tanta energía que rebota contra el marco de una foto. Estoy sola en mi cuarto y sí, acabo de hablarle al móvil. Prometo que he intentado ignorar las primeras vibraciones, pero tanta insistencia me alarma un poco.

Ma ¡Estoy flipando! 😱

Ma ¡¡¡No me lo puedo creer!!!

Ma ¿Cuándo lo celebramos? 🎊🎈🎉🎈

María. Sonrío al leer sus mensajes porque no puedo evitar imaginarme el tono de voz con el que me estaría diciendo eso en persona, gesticulando sin parar y con una emoción contagiosa. ¿Qué es lo que tenemos que celebrar?

Acabas de hacer que desvíe mi atención de los apuntes de literatura, así que más te vale decirme ya mismo qué es lo que hay que celebrar. L

Ma [Escribiendo...]

Ma [En línea]

??? L

Ma [Grabando audio...]

A ver... Conozco los audios de María y miedo me da. Con lo que le gusta hablar... ¡me veo aquí hasta mañana! Compruebo el móvil y veo que su estado ha vuelto a ser *En línea* pero sigo sin recibir el audio. ¡Me estoy poniendo nerviosa con tanto misterio!

Ma Argh, voy por la calle y estoy sin datos. 🤦‍♀️

¡Cuéntame! 🙏 L

Ma Ahí va...

Ma www.popteen.com/news/luv-awards-nominations

Ah, que ahora tengo que pinchar en el link para enterarme. Pero ¿tanto le cuesta escribirlo? ¡Qué intriga, por favor! Pongo el dedo sobre el enlace y el navegador del móvil sale de WhatsApp para abrir una pestaña de lo que parece ser un portal de noticias en inglés. La información se va cargando pero ya puedo leer el titular: «*These are the nominations for the* **LUV AWARDS**». Unos segundos más y la página estará lista para descubrir al fin el misterio de María.

De repente, una notificación de WhatsApp aparece en mi pantalla. **Es Manu.** ¿Qué pasa, que soy la única que estudia mientras el resto de mis amigos está en plan chilling? A ver, Laura, por pasos, que, si no, no acabas nunca. Primero lees lo de María y luego respondes a Manu.

¡Por fin! La página se ha cargado por completo y empiezo a leer a toda prisa la introducción. Vale, están hablando de los artistas

nominados a los premios LUV, unos galardones muy destacados que se entregan en verano en Los Ángeles. Por eso no me extraña ver entre los nominados a gente como Taylor Swift, Miley Cyrus o... ¡The Rocks! Los whatsapps de Manu me siguen entrando en el móvil, pero en estos momentos mi atención solo puede centrarse en lo que acabo de leer. Mis ojos recorren la pantalla y puedo comprobar que el nombre del grupo no solo aparece en una categoría, sino en cinco: Mejor Álbum, Mejor Canción, Mejor Grupo, Mejor Single y...

—¿Quééé?

Mi grito va acompañado de un golpe seco. El móvil se me ha caído al suelo. Me he quedado paralizada con los ojos abiertos como platos. Sigo oyendo la vibración del teléfono a mis pies (lo que quiere decir que el móvil sigue vivo tras el trompazo) pero necesito unos segundos para reaccionar. Me están temblando las manos. ¡No me extraña!

Me agacho, recojo el teléfono y toco la pantalla, que se ilumina de nuevo. Ahí sigue el artículo de *Pop Teen* enumerando uno por uno a los nominados a los **LUV AWARDS** en todas sus categorías. Busco el nombre de The Rocks a toda velocidad porque necesito comprobar que lo que he leído es real. Y sí, lo es: «Categoría: Mejor Videoclip por "Dancing with you"». **¡Nuestro videoclip está nominado a uno de los premios más importantes de la música!**

Bip. Bip. Bip. Bip.

El móvil me vibra en la mano mientras leo MANU escrito en la pantalla. Me está llamando.

—¡Hey!

—¿A quién has sobornado para que nos hayan nominado? —me pregunta Manu.

—¡Acabo de verlo! ¡No me lo creo, es muuuy fuerte!

—¡Ja, ja, ja! Ya... Estoy en estado de shock. Tenía que llamarte para saber que no era una broma...

—¡Claro que no! Lo publica *Pop Teen*, son fiables cien por cien.

—Ya me parece heavy que el videoclip lleve más de seis millones de reproducciones, pero esto... esto ya es *too much*.

—Oye, que lo hicimos genial... ¡No te quites mérito!

—A ver, Laurita... Tengo MUY claro que si el vídeo está nominado es por lo bien que bailamos nosotros y no por cómo actúa tu querido Jack...

—Halaaa, sin modestia, ¿eh?

—¡Ja, ja, ja! ¿Modestia? ¿Eso qué es?

El móvil me vibra de nuevo y tengo que apartarlo de la oreja para ver qué nombre aparece en pantalla. María me está llamando. Ay, pobre... la dejé colgada sin responder a su whats. ¡Debe de pensar que me he desmayado por el notición!

—Oye, te cuelgo que me está llamando María —le digo a Manu—. Que no se te suban los humos, ¿eh?

—Qué va, pero deberíamos empezar a contratar guardaespaldas...

—Anda, tonto. Hablamos luego, muacs.

—Vale, chao.

Me separo del teléfono y deslizo el dedo sobre la pantalla para responder a la llamada de María, quien me grita en toda la oreja antes de que pueda decirle hola.

—Tía, tíatíatíaaa...

—¡Muy fuerte! —Yo también estoy gritando.

—¿Fuerte? Esto es lo más importante que me ha pasado en tooooda mi vida... ¡Nominados a un premio!

—Pues si no me lo dices tú, no me entero...

—Ya lo he visto. Como no respondías me he dicho: «A esta le ha dado un ataque o algo».

—¡Ja, ja, ja! No, no. Es que me ha llamado Manu por lo mismo. Va de duro pero está igual de emocionado que nosotras.

—Es Manu, ya lo conoces... ¿Y qué te vas a poner?

—¿Qué me voy a poner cuándo? —pregunto confundida.

—¿Cómo que cuándo? Pues para los premios, hija. ¡Hay que ir divinísimas!

—Frena, frena... ¿Quién te ha dicho que vamos a ir a los premios? Eso es solo para famosos...

—Ya, bueno, pero nosotros salimos en el vídeo y deberían invitarnos. ¡Sería lo justo!

—¡Ja, ja, ja! No creo que invitarnos a nosotros esté entre las prioridades de los organizadores de los LUV AWARDS.

—¡Pues deberías quejarte a quien tú ya sabes!

Bip. Bip. Más vibraciones. Cualquiera diría que se está produciendo un terremoto en mi cuarto. Aparto el teléfono de la oreja mientras oigo la voz de María en la lejanía, que sigue quejándose porque no hemos sido invitados a la gala de premios. Mi respiración se corta cuando compruebo que lo que tengo en la pantalla es una llamada de Skype.

—Hablando de quejarme... ¡me está llamando! —le digo a María.

—¡Tía, pues cógelo!

—Eso voy a hacer. ¡Hablamos luego!

—Byeee.

La foto de Jack parpadea en la pantalla de mi móvil. Llevamos varias semanas hablando por Skype y, aun así, no puedo dejar de ponerme nerviosa cada vez que tengo una llamada suya. ¡Es mi ídolo... y el chico de mis sueños! ¿Cómo no voy a temblar cada vez que hablamos?

Ups. La llamada se corta. He tardado mucho en responder. ¿Qué hago? ¿Le llamo yo? Puede que haya colgado él porque tiene algo que hacer... No quiero molestarle, aunque me parece de mala educación no contestar.

Bip. Bip. La vibración indica que tengo un mensaje en el chat. ¡Es Jack!

Hey! You disponible para videocall?

¡Argh! Abro la puerta del armario y me miro en el espejo de arriba abajo. Compruebo que mi pelo está presentable. Mi camiseta blanca con el cuello de terciopelo es un buen outfit para hacer una videollamada. ¿Me pongo un poco de pintalabios? Bueno, un poquito de brillo, que no parezca que me he arreglado para hablar con él. Aunque la verdad es que eso es lo que estoy haciendo. ¡Laura, relájate!

Bip. Bip.

Laura, are you there?

Sí, sí. Lo siento, my mum called me.

No preocuparte. Yo espero.

Desde que recibí aquel privado por Instagram a mi regreso de Londres, Jack ha mejorado muchísimo su español. En cuatro meses ha aprendido mucho y aunque comete algunos errores, tengo que admitir que estoy sorprendida con sus avances. ¡Nuestro idioma es supercomplicado de aprender! Vale, he ganado unos segundos diciéndole lo de mi madre. ¿Brillo sí o brillo no? Al final me pongo un poco de bálsamo labial para tener un aspecto natural. Respira hondo, Laura. ¡Venga, que tú puedes!

Ready!

OK, te llamo.

Uno, dos, tres... Cuento los segundos hasta que la pantalla de mi teléfono cambia. El chat desaparece y la cara de Jack, esta vez con la indicación de «videollamada», vuelve a parpadear ante mí. Mi dedo índice tiembla cuando se desliza sobre la pantalla. Allá vamos.

—¡Hola! —le digo con una sonrisa.

—Hey! ¿Cómo estás?

—Bien, muy bien... ¿Y tú?

—*I'm fine* también. ¿Qué hora es en España?

—Pues son... las 19.15. ¡Te has levantado pronto!

—¿Levantado?

—Oh... *You woke up early.*

—*Oh, yes!* Madrugo, *is it right?*

—¡Ja, ja, ja! Sí, madrugar.

—*Well...* Son las 10 de la mañana. Buena hora para... ¿levantado?

—Buena hora para... LE-VAN-TAR-SE.

—*Oh, God! Verbs are killing me!*

—*I know, so difficult!*

—*Yes!* Pero tú eres muy buena profesora.

—Y tú muy buen alumno.

Creo que me he puesto roja. Con el piropo que Jack me acaba de lanzar he notado que mis mejillas arden. Espero que a través de la pantalla del móvil no se note mucho.

—*So...* ¿Conoces las noticias?

—¿Los LUV AWARDS?

—*Yeah!*

—Sí, sí. *Congratulations!!!* Cinco nominaciones, *wow!*

—*Thank you, it's crazy! Well,* felicidades para ti también.

—*For me?*

—*The music video! It's also nominated!*

—¡Ja, ja, ja! *Thank you...* pero lo importante del vídeo es la canción y The Rocks.

—*And you*... *I mean*, tú y tus amigos. El baile es importante en el vídeo...

—Bueno, solo a *little bit*.

Suelto la frase y me tapo los ojos con la mano indicando que me da un poco de vergüenza lo que me está diciendo. Los dos nos ponemos a reír y cuando acaban las carcajadas Jack se queda en silencio, mirándome. Sé que está en Los Ángeles, a miles de kilómetros, pero por alguna extraña razón siento como si lo tuviese delante de mí. **Cómo me gustaría alargar el brazo y poder tocarlo...**

—*So*... Quiero decir una cosa a ti.

Abro los ojos con expresión de sorpresa. ¿Quién me iba a decir hace medio año que tal día como hoy estaría haciendo un Skype con Jack, el cantante de The Rocks? Ganar el concurso de Musical.ly fue increíble y viajar a Londres, una de las aventuras más chulas que he vivido con mis amigos. Tener la oportunidad de rodar el videoclip con el grupo fue algo único, pero que ahora, además, mi cantante favorito y yo nos hayamos hecho amigos y hablemos por las redes es algo que supera el guion de cualquier fanfic.

—*What?*

Jack sonríe y baja la mirada. ¿Qué quiere decirme? El nudo que se me forma en el estómago cada vez que hablamos me está acelerando el corazón. ¡Que hable ya, por favor!

—Tú sabes que en julio vamos de tour a Europa...

—Sí, *of course!*

—OK, es un poco *crazy* pero yo pienso que sería *cool* que tú vinieras con nosotros para bailar en los conciertos.

¿Cómo? No debo de haberle entendido bien. ¿Quiere que me vaya de gira con The Rocks? No, no, no... Debe de haberse liado con el español. Seguro. Ha sido un error idiomático. Fijo.

—¿Quieres?

—No entiendo muy bien lo que dices...

—*OK, sorry.* Intento en *English. I want you to come on tour with us as a dancer. Bailarina. Do you understand?*

Vale, no. Ni error idiomático ni nada. Lo había entendido perfectamente. **¡Quiere que me vaya de gira con ellos para bailar en los conciertos!** Esto no puede estar pasando... Es broma, ¿verdad?

—¿Yo?

—*Yes, you! Well, and your* amigos. Todos como *dancers* del tour en Europa. *It's* dos semanas en diferentes ciudades. ¡Es *fun*!

¡Claro que es *fun*! ¿Cómo no va a ser divertido irse de gira por distintos países, no solo con tus amigos, sino con tu banda favorita?

—¿Tú qué dices?

Eso me gustaría a mí saber. ¿Qué digo? De repente la conexión se corta y la videollamada se cuelga. ¡Justo en el momento importante! Mejor, así tengo unos segundos de margen para pensar... La idea es genial, pero ¿me van a dejar mis padres? ¿Y los chicos? Debería hablar con ellos primero. Seguro que la idea les flipa pero, como yo, también tienen unos padres a los que pedir permiso. Dos semanas fuera de casa es mucho tiempo... ¿Qué respondo?

Sacudo la cabeza y mis ojos van a parar al mural que tengo sobre el escritorio y que está repleto de fotos, recortes y distintos recuerdos.

Los ojos de mi abuela me miran desde aquella foto en la que yo, con unos cinco años, me agarro a ella con una sonrisilla traviesa.

Bip. Bip. Jack me llama de nuevo.

—*Hey!*

—*Hey!* La conexión...

—*Yes*, no buena... *So*, ¿qué dices tú?

Mis ojos vuelven a dirigirse hacia la foto, la observo unos segundos y le devuelvo la sonrisa a la imagen de mi abuela.

—Digo que **YES. Yes, yes, yes.**

Mi sonrisa y la de Jack se dibujan en nuestros rostros al mismo tiempo. No sé aún cómo lo haré, ni si me dejarán ni si los chicos podrán. Pero una corazonada me ha llevado a decir que sí y soy perfectamente consciente de que esta puede ser una de las grandes aventuras de mi vida. «**Gracias, abuela**», le digo mentalmente mientras vuelvo a mirar a la foto, esta vez con una sonrisa que me ocupa toda la cara.

CAPÍTULO 2 ¿Quién será?

Viernes, 16 de abril.
11.00 horas

Riiing. **Por fin suena el timbre.** Desde que he llegado a clase llevo esperando la hora del descanso por dos motivos. Uno, porque no he podido pegar ojo en toda la noche y ahora estoy que me caigo de sueño. ¡Necesito un café en vena! Y dos, porque hemos acordado discutir entre todos la propuesta de Jack ahora, ya que es el primer momento del día que tenemos para sentarnos a hablar los cinco. Ayer por la tarde, cuando terminé la videollamada, escribí enseguida al grupo de WhatsApp para contarles lo que acababa de ocurrir. Sabía que María y Eva darían botes de alegría con la noticia y también esperaba que Manu y Andrés se emocionasen, aunque no lo demostrasen mucho para no parecer unos ñoños. Sin embargo, me quedé un poco pillada con la respuesta de Manu. Fue él, y no Andrés, quien aplicó la razón desde el minuto uno, argumentando que esa propuesta era inviable porque nuestros padres se negarían en redondo a dejarnos ir. Esto de rendirse antes de intentarlo no es propio de Manu, y por eso propuse que lo hablásemos hoy todos juntos a la hora del desayuno. A veces los whats provocan malos entendidos...

Después de coger el necesario chute de café (y unas irresistibles pastas), nos sentamos en un banco con el sol a nuestras espaldas. La verdad es que hace un día precioso.

—Bueno, chicos, hablemos de **EL TEMA** —dice María para romper el hielo.

—El tema, qué tono tan solemne —contesta Manu.

—Hombre, es que es algo importante y tenemos que solucionarlo YA.

—Sí, tienes razón —intervengo con la boca llena con un cuerno de cruasán.

—Veamos, las variables son sencillas: todos queremos irnos de gira con The Rocks pero ninguno tiene el permiso de sus padres.

—Gracias, Andrés, esa información no la teníamos... —le contesta Manu con ironía.

—Me refiero a que tenemos que centrarnos en la respuesta más probable: la del **NO**.

—¡Vaya bajona! Me niego a quedarme sin gira. —María se queja.

—¿Podéis dejarme acabar? —nos pide Andrés alzando ligeramente el tono de voz—. Os veo un poco... excitados. A ver, lo que quiero decir es que lo más seguro es que no nos den permiso y por eso tenemos que centrarnos en encontrar la manera de que nuestros padres nos digan que sí, que podemos irnos de gira. ¿Me entendéis ahora?

—¿Y qué es lo que sugieres? —pregunta Eva dando un sorbo a su café en vaso de cartón.

—Pues que busquemos razones y motivos por los que deberían dejarnos ir. Por ejemplo, si les decimos que es como hacer un curso acelerado de inglés porque estaremos viajando con un equipo que solo habla ese idioma y que, por obligación, tendremos que ponernos las pilas, puede que les convenzamos.

—Mmm... Buena idea. Sigue.

—Otra carta con la que podemos jugar es la del intercambio. Podemos prometer aprobar todo a cambio de que nos dejen ir de gira.

—Claro, para ti es fácil, empollón.

—También lo sería para ti, Manu, si en vez de estar todo el día jugando al *Fortnite* estudiaras un poquito...

—¡Uuuh! —gritamos las tres ante la respuesta que Andrés le acaba de dar.

Manu se queda mirando a nuestro amigo con ojos de asesino pero no dice nada. Sabe que tiene razón. De hecho, Manu siempre ha sacado superbuenas notas, pero últimamente ha dado un bajón, sin llegar a suspender, y todo porque es un poco vago. Con un poquito de dedicación, fijo que volvería a ser uno de los empollones de la clase.

—¡Tengo una idea! —exclamo—. ¿Por qué no aprovechamos el partido de mañana por la noche para reunir a nuestros padres y contarles a todos al mismo tiempo la propuesta que nos han hecho? —sugiero—. **La unión hace la fuerza**, ¿no?

—Pues a mi padre lo tenemos ganado: con tal de que le dejéis ver al Betis, dirá que sí a todo —contesta María.

—Es buena táctica, Laura. Podemos darnos apoyo los unos a los otros y así tendremos más probabilidades de que nos digan que sí. ¿Tú qué dices, Manu?

—Pse... Por probar... De lo que sí tenemos probabilidades es de quedarnos en la calle como no vayamos tirando para el insti. En cinco minutos sonará el timbre.

Los cinco regresamos al insti dándole vueltas en la cabeza al plan. Desde anoche, mi mente no deja de pensar en lo guay que sería visitar ciudades como París o Berlín los cinco juntos, aunque reconozco que lo que hace que se me revuelva el estómago es la idea de volver a ver a Jack en persona. Este plan tiene que salirnos bien. **¡Lo necesito!**

Sábado, 17 de abril.
20.30 horas

—Cariño, llévate una chaquetita, que luego refrescará y no quiero que te resfríes.

Mamá y su afición por adivinar el tiempo que hará. Da igual si es verano, primavera, otoño o invierno. Para ella, por las noches, siempre refresca. Y claro, yo siempre corro el riesgo de acatarrarme.

En fin, le haré caso, no sea que por una vez acierte y acabe en la cama con fiebre.

Hoy tampoco he podido dormir muy bien. Estoy nerviosa por todo lo de la gira, a pesar de que debería estar supercontenta por la nominación del vídeo. Bueno, no es que no lo esté, pero siento que no puedo disfrutar del todo de ese regalo porque mi cabeza está dándole vueltas todo el rato a cómo encontrar una solución a lo de los conciertos. ¿Por qué a veces la vida es tan complicada? Justo en ese momento llaman a la puerta de mi habitación.

—Laura, ¿puedo entrar? —pregunta mi padre.

—¡Claro, papá! ¡Pasa!

—¿Has podido subir el vídeo con los globos?

—Sí, sí. Ahora estaba a punto de hacer un Stories para que me vayan dando opiniones. ¿Te pones conmigo?

—No, no, no... Aquí la estrella eres tú.

—Papá...

—Bueno, ya me entiendes. Pero si quieres yo te sujeto el móvil para que te grabes más cómoda.

—Andrés, ¿has visto el cargador de la tableta?

La voz de mi madre se cuela en mitad de nuestra conversación y por la forma en que mi padre arruga el ceño, deduzco que no tiene ni idea de dónde está el cargador.

—¡Ya voy! —grita en dirección al exterior—. Entonces no me necesitas, ¿verdad?

—Tranquilo, papá. Lo hago en un momentito yo sola.

—Estupendo, pues en unos minutos salimos. Por cierto... ¡no te olvides de la rebequita!

Papá suelta una carcajada y cierra la puerta tras de sí. Él tampoco confía mucho en el instinto meteorológico de mamá, pero nunca se lo ha dicho. Agarro el móvil, pongo la cámara frontal y elijo uno de los nuevos filtros de Insta Stories que te pone automáticamente unos pendientes gigantes de diferentes colores. ¡Es muy top!

Me hago un selfi para Instagram y pido a mis followers sus opiniones sobre el último musical.ly que he subido hace un ratito. ¡Me encanta recibir su feedback! Intento leer todas las opiniones aunque soy consciente de que alguna se me debe de escapar... Pero hay días en los que me puedo pasar dos horas tumbada en la cama leyendo uno a uno los mensajes que me van mandando. Ya está. Le doy al botón de «publicar» y... ¡a esperar!

Aún queda una media hora para que nos vayamos a ver el partido de fútbol al bar central del barrio, pero estoy de los nervios. Al final no hemos concretado en qué momento del partido les vamos a soltar la bomba informativa a nuestros padres. ¿Antes, al final, en la media parte? Buf, qué estrés.

Me tumbo en la cama y comienzo a consultar los comentarios que me escriben después de colgar mi selfi. ¡Lo han visto trescientas diez personas en dos minutos! También veo que el recuadrito naranja de Instagram que indica los mensajes de la bandeja de entrada no deja de cambiar de número, lo que significa que el vídeo está teniendo movimiento. ¡Qué ganas de leerlos! Empiezo por los comentarios.

mayla3 Vaya pasada de vídeo, es de los más chulos que has hecho en meses ♥♥

lulu_lav ¡Me encanta! 😍 😍 😍 😍

shayla_25 ¿Has usado algún filtro o tu cara es así de bonita? ❤️ ❤️ ¡Estás wapísima! 😀

Tengo unos followers geniales. Siempre me mandan mensajes muy bonitos y me motivan mogollón para seguir haciendo vídeos en Musical.ly. Leo una docena más que son del estilo y no puedo evitar dibujar una sonrisa en mi rostro. ¡No sé qué haría sin ellos! Entonces abro los privados y me encuentro un mensaje que se aleja bastante del tono de los que he leído hasta ahora.

Lo que daría por ser tú... A veces cierro los ojos e imagino que tengo una vida como la tuya, que la gente me reconoce por mi talento y que nadie se ríe de mí. Es un sueño, pero es el que me ayuda a seguir adelante... Gracias por ayudarme aunque ni siquiera lo sepas.

Me pongo seria de repente. Este mensaje me ha impactado mucho por la sinceridad y dureza de lo que dice. ¿Quién debe de ser? Instintivamente entro en su perfil y, aunque lo tiene abierto, las fotos que hay colgadas son solo capturas de dibujos y de mensajes poéticos, algunos de ellos con cierto tono de melancolía. ¿Quién se esconde tras esta usuaria?

—¡Laura, nos vamos!

La voz de mamá anuncia que es hora de irse. El mensaje que acabo de leer me ha dejado rara, con una sensación extraña en el cuerpo. Miro la pantalla del móvil y con el dedo vuelvo a mi bandeja de entrada. «Sara_VV», leo en voz baja. Ahí está su mensaje. Lo abro de nuevo, lo leo a toda prisa y, sin dudarlo, me pongo a escribir. «¿Puedo ayudarte de alguna otra manera?» Enviar. Salgo de Instagram, bloqueo el móvil y de un salto me levanto de la cama. Abro la puerta pero antes de dar un paso más, me vuelvo y estiro el brazo en dirección a la silla del ordenador. ¡Como me olvide de la chaquetita mamá me mata!

—¡Chicos!

Soy la última en llegar. Están todos tomándose algo en una mesa apartada de la que ocupan nuestros padres. La verdad es que el bar está a reventar y todo gracias al Betis y al Sevilla. Sin embargo, en estos momentos mi cabeza no está pensando en el fútbol sino en otra cosa: la gira con The Rocks.

—Nena, ¿qué haces con esa chaqueta en la mano? ¡Si hace un calor horrible!

—Cosas de mi madre... —respondo a María.

—Ya somos dos —comenta Eva mientras saca de su bolso un jersey con pinta de abrigar bastante.

—Como os pongáis eso me apuesto lo que sea a que criais pollos bajo los brazos.

—Gracias, Manu, tú siempre taaan majo —digo y, acto seguido, le saco la lengua—. Por cierto, ¿se os ocurre cuál es el mejor momento para decírselo?

—Ahora ni hablar —responde María.

—Y al final tampoco, porque como pierda el Betis sé de alguien que se va a poner de muy mala leche...

—Pues... solo nos queda la media parte —apunto.

—Sí, yo creo que será lo mejor —interviene Manu—. Si nos dicen que no, siempre tenemos un poco de margen de maniobra para inventarnos algo.

—¿Queréis algo? —pregunto.

Todos me dicen que no con la cabeza, así que me dirijo a la barra para pedir un zumo de naranja. El móvil me vibra en el bolsillo trasero de los vaqueros. Lo saco y veo que hay un montón de notificaciones. ¡Qué ganas de leerlo todo! Mientras me sirven el zumo, consulto algunos de los mensajes que tengo y me doy cuenta de que Sara_VV, la chica a la que he contestado, me ha respondido también.

¿Te estás riendo de mí? Porque si es así, ya hay bastante gente que lo hace a diario.

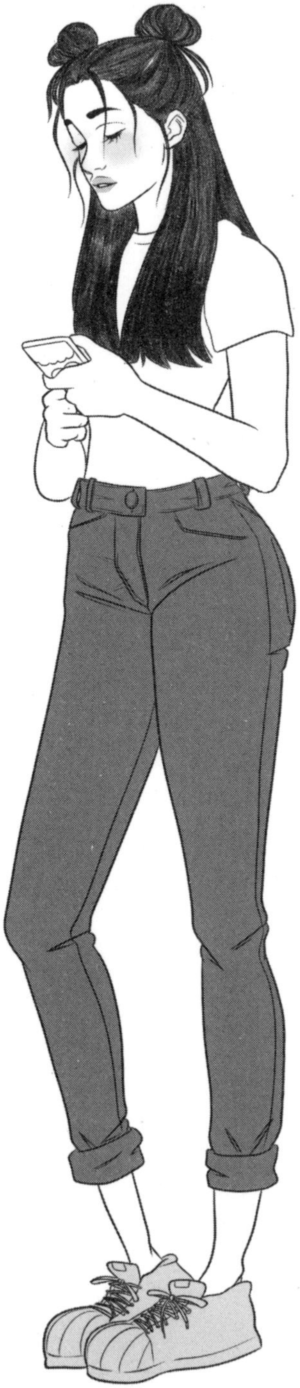

—Son dos euros.

La voz de la camarera me rescata de mi estado de alucine y por unos minutos no sé muy bien de qué me habla. ¡Ah, sí! El zumo. Le doy dos monedas de euro y dirijo mi atención al teléfono. *¿Y ahora qué le digo a esta chica?* Me doy cuenta de que está pasando por una situación muy desagradable y por eso tengo que ser muy cuidadosa con mi respuesta. No quiero molestarla ni herirla. Mejor que conteste cuando llegue a casa.

Me siento con el resto del grupo y a los pocos minutos comienza el partido. No le presto mucha atención, sinceramente. Entre el mensaje de Sara (porque doy por hecho que se llama así) y los nervios que tengo por la charla que nos espera con nuestros padres, no consigo ver hacia dónde va el balón.

Piii. Fin de la primera parte: llegó el momento.

Los cinco nos miramos y sabemos lo que hay que hacer. Nos levantamos de la mesa de forma ceremoniosa y nos dirigimos a la zona donde están los adultos. Cuando nos ven a los cinco de pie ante su mesa, se hace el silencio. Nos miran con cara extrañada.

—¿Va todo bien? —pregunta mamá.

—Sí, bueno... veréis, tenemos que hablar con vosotros —respondo.

—¿Con nosotros? —dice la madre de María.

—Sí, mamá... Nos ha pasado una cosa muy fuerte y os la tenemos que contar —expone esta toda envalentonada—. ¿Os acordáis del videoclip que fuimos a grabar a Londres? Pues...

María duda. Interrumpe su discurso, nos mira y parece no encontrar las palabras. Manu interviene para echarle un cable:

—¡Pues lo han nominado como mejor vídeo en los LUV AWARDS que se celebrarán en Los Ángeles!

Nuestros padres sonríen y nos felicitan. Bien dicho, Manu. Ese ha sido un buen golpe de efecto para allanar el terreno, ponerles de buen humor y soltarles lo importante después. Vamos allá.

—Y bueno... queríamos pediros una cosa.

—¿No estaréis pensando en iros a Los Ángeles? —comenta el padre de Eva en tono de duda.

—No, no, qué va, papá.

—No, no es eso —intervengo yo—. Veréis, como ha tenido tanto éxito el baile del vídeo... pues... hemos recibido una oferta para irnos de gira con The Rocks en los conciertos que harán por Europa.

—¡¿Cómo?! —sueltan todos al unísono.

—Sí, el grupo nos ha pedido que vayamos de gira con ellos como bailarines. ¿No es fantástico? —dice Eva con una sonrisa tensa en los labios.

—Es una broma, ¿no? —inquiere mi madre.

—No, mamá... Son solo dos semanas y unos cuantos conciertos. Además, será en julio, cuando ya no tendremos clase...

—Pero ¿estáis locos? ¿Acaso esos cantantes no saben la edad que tenéis?

La reflexión de la madre de María es obvia. Y de hecho, ese es el gran problema de todo esto. Si no fuese porque somos menores, podríamos irnos de gira sin problemas. La cosa pinta fea...

—¡Claro que lo saben, mamá!

—Pues entonces no viven en el mundo real. ¿O tal vez nos dejan ir con vosotros?

—¿Qué? —exclamamos los cinco ante esa posibilidad.

—Vale, ya me habéis respondido —añade de nuevo la madre de María.

—Cariño, lo siento mucho, pero esta vez tengo que ponerme del lado de tu madre. No tenéis edad para ir solos por ahí, viajando por toda Europa y actuando ante miles de personas sin un adulto que os acompañe. Me duele en el alma, pero esta vez no podrá ser.

La voz afable de mi padre suaviza un poco el golpe pero en realidad nos están diciendo un **NO** como una casa. Ni las caras de tristeza ni las súplicas ni las promesas que les hacemos logran que cambien de opinión. Todos se han puesto de acuerdo en bloque y no hay nada que hacer. No iremos de gira y punto.

Del bajón que nos da salimos del bar y nos sentamos en un banco de la plaza que hay delante. Estamos decepcionados y tristes. ¿Hay alguna forma de convencer a nuestros padres? De repente los móviles de todos nosotros comienzan a vibrar sin parar.

—Pero ¿qué pasa? —pregunta Andrés.

—Las notificaciones de Twitter me están acribillando el teléfono —comenta María.

Los cinco nos ponemos a consultar nuestros móviles y yo empiezo a leer un hilo de Twitter. Cuando llego al mensaje original y lo leo agradezco estar sentada para así evitar haberme caído al suelo.

Es de la cuenta oficial de The Rocks.

Junto al tuit, una captura de pantalla del vídeo en la que salimos todos y en la que el community manager del grupo nos ha etiquetado uno por uno. De ahí que nuestras redes sociales se hayan vuelto locas. **¡Nooo!** ¡Lo que me faltaba! ¿Cómo le digo a Jack que no podemos ir después de que el grupo lo haya hecho oficial? Tierra, trágame y escúpeme en una isla del Caribe donde nadie me pueda encontrar, por favor.

CAPÍTULO 3 ♥ ¡Tenemos coreógrafa!

Domingo, 18 de abril.
19.45 horas

Compruebo la hora de nuevo. Son casi las ocho de la tarde, lo que significa que en Los Ángeles son las once de la mañana. Sé que Jack tiene problemas para dormir y que no consigue pegar ojo hasta pasadas las cinco de la madrugada. Por eso tiene la costumbre de levantarse tarde, más tarde que el resto de la gente y, aun así, no descansa lo suficiente. Él dice que es por culpa de los viajes, del jet lag y de que las musas le visitan a altas horas de la madrugada, pero yo sospecho que el estrés por el ritmo de vida que lleva tiene mucho que ver en este descontrol horario. ¿Se habrá levantado ya?

La que acumula una tercera noche durmiendo fatal soy yo. Lo que tendría que haber sido la noticia de mis sueños ha acabado por impedir que los tenga. ¡Qué ironía! Toda la historia de la gira se ha complicado más de lo que esperaba. ¿En serio el karma me va a hacer esto? No puede ser, me niego a creerlo. Tengo que encontrar una solución como sea. **¡No podemos perdernos esa gira!**

Pero antes tengo que solucionar otro asunto... Tengo que hablar con Jack.

Good morning! ¿Estás despierto?

Hey, Laura! Yes, no he dormido mucho. ☹ You OK?

Sí, sí, yo OK. ¿Es posible una videocall?

Yes, of course. I'm still en la cama. ¿Importa?

¡Uy! Me acabo de poner roja. Voy a hacer una videollamada con Jack metido en la cama. ¡Me muero de vergüenza! Aunque alguna vez he visto los selfis que cuelga en redes recién levantado y hay que reconocer que está muy guapo. ¡Me encanta!

No, es OK para mí.

Perfect. ¡Llama tú!

Salgo del chat y pulso el icono de la cámara de vídeo. Jack responde al momento.

—Buenos días, chica de España.

— ¡Ja, ja, ja! Para mí es casi buenas noches...

—*Oh, yes.* ¿Cómo estás tú?

—Bien, pronto me iré a dormir, que mañana tengo clase a las ocho.

—*Right!* Mañana es lunes. *Hey! It's official.* ¿Has visto Twitter?

Ups. EL tema. Tengo que decírselo ya. Me lo ha puesto a huevo, así que Laura, **suéltalo ya**.

—Sí, lo he visto... pero tenemos un problema.

—¿Problema? *What's up?*

—Jack... Lo siento mucho, pero nuestros padres no quieren que vayamos de gira.

—*Your parents?* ¿Por qué?

—Porque somos menores de edad... *underage*, ¿sabes? Como no hay adultos en la gira que «cuiden» de nosotros, ellos estarían muy nerviosos y preocupados. *They said no. I'm very very very sorry...*

—*Wow... not good news.*

—Lo sé, lo sé. No sé qué decir...

—Mmm... dame un minuto.

Jack sale de la cama y del plano. Me quedo contemplando los almohadones blancos donde hace un momento estaba apoyado y me fijo en su mesilla de noche. **Ahí está su anillo**, el que tiene notas musicales y que siempre lleva puesto. Lo sé, soy un poco friki. Oigo ruidos y de nuevo Jack se tumba en la cama. Sonríe y no

entiendo por qué. Acabo de decirle que no vamos de gira. ¿Este chico se encuentra bien?

—OK, Laura. Tengo una idea. Necesitamos un adulto, *right?*

—Sí...

—Tengo la solución. Mi *team* piensa enviar a Jena a España para conocer a tú y tus amigos. Jena es la *choreographer* y nos acompaña en toda la gira. La idea es que ella viaja para hacer *masterclass* y luego ensayar por Skype. No te dije esto porque se decidió ayer.

—Ya, pero... ¿eso qué significa?

—¡Jena es adulta! Y estoy seguro que tus *parents* y los *parents* de tus amigos dirán sí cuando conozcan Jena. ¡Es fantástica!

Definitivamente, a este chico se le ha ido la pinza. ¿Pretende que la coreógrafa se haga responsable de nosotros durante la gira? Y lo que es aún más loco, ¿en serio piensa que nuestros padres van a acceder a ello?

—Jack, no estoy segura de...

—No, no, no. Laura, *believe me*: **es posible**. Jena está viajando a Almería el viernes. Estaba comprobando en el *laptop*. *Don't worry*, todo está bien. Estoy muy seguro, confía.

Su sonrisa me hace perder las ganas de rebatirle nada. Sin embargo, la conversación termina a los pocos segundos porque su mánager (sí, el simpático... ejem) llama a la puerta de su habitación y le dice algo que no acabo de entender muy bien. Jack se despide diciéndome adiós con la mano y yo me teletransporto al momento en que me hizo lo mismo cuando salía del hotel de Londres después de rodar el videoclip. No hay mejor imagen mental con la que quedarme antes de irme a la cama.

A la mañana siguiente me apresuro para llegar a clase. Tengo que contarles a los chicos lo que me ha propuesto Jack.

—¿Y quién es esa Jena?

—No sé, María, toda la información que tengo es la que os he dado.

—Tu amigo Jack se lo flipa un poco, ¿no?

—¿Cómo? —respondo al comentario borde de Manu.

—Pues que si cree que nuestros padres nos van a dejar en manos de una desconocida, es que tanto viaje y tanto dinero le han nublado el cerebro.

En parte tiene razón. Eso mismo es lo que pensé yo mientras hablaba por Skype con Jack pero él se mostró tan convencido que no me dio pie a decir nada más.

—Bueno, nos guste o no, es nuestra única opción. ¡Hay que ir a por todas!

El comentario de Eva nos sube el ánimo, así que nos ponemos a hablar de cómo organizar todo este tinglado. Acordamos no decir nada en casa sobre la llegada de Jena hasta que ya esté en Almería. En ese momento recibo un correo electrónico de Jack con la planificación del viaje y, por lo que veo, la coreógrafa aterrizará el viernes por la tarde en Madrid y el sábado a primera hora estará ya en Almería. Una luz de esperanza brilla en el fondo de este túnel y, aunque el camino es complicado, algo me dice que sabremos encontrar la salida.

Sábado, 24 de abril.
11.00 horas

Son las once de la mañana y los cinco estamos sentados en la recepción del hotel de más categoría que hay en Almería. Aquí es donde se hospeda Jena y donde nos han citado para que la conozcamos. Se trata de una cita a ciegas en toda regla y la emoción que siento me provoca un cosquilleo en la tripa. ¿Será tan maja como dijo Jack?

—*Hey, guys!*

Una voz aguda interrumpe mis pensamientos. Nos damos la vuelta y vemos a Jena caminando hacia nosotros. **No hay duda de que es ella.** Vestida con unos pantalones deportivos de color rojo y un top de licra, la coreógrafa tiene toda la pinta de ser una gran deportista. Su melena rubia está recogida en dos trenzas que le dejan la cara despejada y sus zapatillas plateadas son una auténtica pasada. ¡Vaya rollo tiene!

Jena se dirige con seguridad a nosotros y nos saluda de forma supercariñosa, como si ya nos conociese. Con abrazos y una sonrisa que no se le borra de la cara, la coreógrafa nos ha conquistado en menos de cinco minutos.

—Hablo un poco español, chicos —comenta mientras nos guiña un ojo—. Primero que tenemos que hablar es problema con padres. ¿Dónde están?

—¿Dónde están nuestros padres? —pregunta Andrés.

—*Yeah* —asiente ella.

—En casa —responde Eva.

Jena se queda pensando unos segundos y vuelve al ataque:

—OK. ¿Es posible que ellos estén aquí en el hotel en una hora?

Los cinco nos miramos buscando respuestas en los ojos de los otros. Por mi parte no hay problema, y aunque sé que los padres de Andrés y Eva trabajan el sábado por la mañana, seguro que sus madres se pueden acercar. ¿Qué está tramando Jena? Todos contactamos con nuestros padres por WhatsApp y les pedimos que vengan al hotel a las doce. Yo escribo a mi padre y aunque me pregunta qué es lo que pasa, le digo que es una sorpresa y que tiene que venir para descubrirlo. **¡Y menuda sorpresa!**

Tras las gestiones, Jena nos conduce a una sala del subterráneo del hotel.

—*OK, guys*, vamos a bailar. *Ready?*

—¿Ahora? —pregunta Manu tan alucinado como si acabase de aterrizar en Marte.

—¡Claro! Tenemos menos de una hora para preparar baile que haga sorpresa a vuestros padres. *Come on!* —responde Jena superenérgica.

Esta chica tiene algo contagioso, una vitalidad que te hace tener ganas de comerte el mundo. Jack tenía razón: es un encanto. Solo espero que nuestros padres caigan rendidos a sus pies igual que nosotros. ¡Karma, ayúdanos!

A las doce en punto, los cinco subimos a la recepción del hotel para encontrarnos con nuestros padres. No saben para qué los hemos citado y sus caras son muy divertidas. Cuando están todos, nos metemos en los ascensores (no cabemos todos en uno) y bajamos al subterráneo. ¡Lo que daría por leerles la mente! Las puertas se abren y los conducimos hacia la sala donde hemos estado ensayando una coreografía que les va a dejar sin respiración. Aunque antes de nada, me toca presentar a Jena. ¡Cruzo los dedos para que esto salga bien!

—Papá, mamá... Queremos presentaros a Jena —digo con firmeza—. Ella es la coreógrafa oficial de la gira de The Rocks.

Hale, ya lo he dicho. **Jarro de agua fría.** Sus caras son una mezcla de alucine y de «pero si ya hemos dicho que no»; sin embargo, no les doy tiempo a que protesten porque vuelvo a tomar la palabra.

—Ya sabemos que el otro día dijisteis que no podíamos ir de gira, pero por lo menos dadnos la oportunidad de mostraros lo que somos capaces de hacer. Jena ha viajado desde Los Ángeles para conocernos y enseñarnos algunos pasos de baile. Dejad que os los enseñemos, por favor.

—Encantada, padres —suelta Jena en ese tono de voz tan animoso que a mí ya me ha enamorado—. Vuestros hijos son muy buenos bailarines. Solo mirad y luego me contáis. ¡A disfrutar!

Jena coge el mando y activa el reproductor para que empiece a sonar la canción de The Rocks que hemos estado ensayando. Apagamos las luces principales, de modo que el espacio queda iluminado por otras de intensidad más baja. Las primeras notas de la canción empiezan a sonar y la atmósfera se transforma. **¡Me siento como si estuviese en un escenario de verdad!**

Durante toda la actuación me centro en el baile y no miro en ningún momento hacia donde están nuestros padres. Que sea lo que tenga que ser, pero este momento lo quiero disfrutar al cien por cien. Cuando termina la música y hacemos el último de los pasos, nos quedamos en silencio unos segundos hasta que Jena enciende las luces de nuevo. Llegó el momento de la decisión final.

—¿Qué tal? —pregunta Jena directamente a los adultos mientras nosotros recuperamos el aliento tras ella.

Se hace el silencio. Creo que están en estado de shock. Miro a mis padres y veo en sus ojos un brillo especial, de orgullo por lo que acaban de ver. ¡Les ha gustado! No puedo evitar sonreír, aunque no sé si esto habrá sido suficiente para que cambien de opinión.

De repente se oye el inicio tímido de un aplauso: es la madre de María. A ella se van uniendo el resto de nuestros padres y en unos pocos segundos nos encontramos ante una ovación sonora que, en realidad, ninguno de nosotros esperaba.

—*Yeah!* —grita Jena dándose la vuelta hacia nosotros y levantando la mano para que choquemos las palmas.

—¿Os ha gustado? —digo unos segundos después apartándome del grupo y dirigiéndome adonde están nuestros padres.

—¡Ha sido fantástico! —exclama el padre de Manu—. No tenía ni idea de que mi hijo era el nuevo Fred Astaire...

La broma les hace reír y eso relaja los ánimos. Es el momento de hacer **LA PREGUNTA**.

—Os estaréis preguntando para qué hemos hecho esto, ¿no? Ya sé que nos habéis dicho que no a lo de la gira pero... queríamos que vierais lo que significaría para nosotros poder ir. Jena ha venido con la esperanza de que vernos bailar os haría cambiar de opinión...

—Cariño —interviene mi madre—, no es que no queramos que bailéis, lo que nos preocupa es que no haya nadie responsable de vosotros...

—¡Yo, yo! —grita Jena levantando la mano y corriendo hacia nosotros—. No soy mamá de los chicos pero yo quiero ser la adulta que estará con ellos durante el tour. No es lo mismo, yo lo sé, pero prometo que los cuidaré y que a las diez estarán todos en la cama... Bueno, los días de concierto un poco más tarde, que el show termina a medianoche —añade riendo.

Nuestros padres se miran entre ellos. **¡Lo están pensando!** Se juntan en corrillo y empiezan a hablar. Yo me aparto para no presionarlos y me reúno con mis compañeros esperando que la respuesta sea afirmativa.

—Chicos —dice mi padre mirando hacia nosotros—. Está bien, nos habéis convencido.

Los seis, Jena incluida, damos un grito y nos ponemos a saltar locos de emoción. ¡Nos vamos de gira!

—Pero con la condición de que **CADA DÍA** —dice remarcando bien estas palabras— nos hagáis una videollamada para saber que estáis bien. Por no hablar de que en los exámenes de junio hay que aprobarlo **TODO**. ¿Entendido?

Los cinco asentimos con la cabeza con entusiasmo. ¡Y si nos pidieran que corriéramos una maratón, también les diríamos que sí! Cada uno de nosotros se dirige adonde están sus padres y los abrazamos emocionados y agradecidos por su comprensión.

—Bueno... siento interrumpir —interviene Jena—, pero tengo solo hoy y mañana para ensayar con los chicos los pasos de todas las canciones. Continuaremos con los ensayos por Skype, pero hay que aprender las coreografías el fin de semana.

¡Empieza lo bueno!

Acompañamos a nuestros padres a la salida del hotel mientras Jena sube a su cuarto y baja algo de vestuario para que probemos si estamos cómodos bailando así. Yo aprovecho para consultar mis redes sociales y cuando entro en Instagram compruebo que tengo un montón de mensajes y comentarios. Desde que Jack anunció que estaríamos en la gira, las notificaciones se han multiplicado por cien. Empiezo a hacer scroll en la pantalla y mis ojos se detienen en uno de los privados de Instagram.

Es Sara.

Supongo que era una broma o que estás muy ocupada.
No te preocupes, lo entiendo. No me conoces e imagino que alguien como tú tiene tantos mensajes que no puede hablar con todo el mundo. Gracias de todas formas por contestarme.

Oh, no. Respondo al instante.

Sara, te llamas así, ¿no?
Perdona, con lo del anuncio de la gira he estado muy liada. Hablaba en serio cuando te dije que si podía ayudarte. ¿Me perdonas?

¿Perdonarte? ¿Yo? ¡Cómo no voy a perdonarte!
Me están temblando las manos mientras tecleo.
No me puedo creer que esté hablando contigo...

¡Ja, ja, ja! Tranquila. Soy alguien normal,
igual que tú o que cualquiera de tus amigas...

Yo no tengo amigas. Parece que a nadie
le interesa estar cerca de mí...

Estoy segura de que eso puede cambiar,
y de hecho, va a cambiar ahora mismo.
Me gustaría ser tu amiga.

Jena aparece de nuevo en la recepción y me despido de Sara. Quedamos en que hablaremos más tarde. No sé por qué, pero esta chica me ha transmitido algo distinto, especial, y siento que de alguna manera, aunque sea por internet, puedo ayudarla. Y lo voy a hacer.

CAPÍTULO 4 París, mon amour

Lunes, 5 de julio. 7.00 horas

Me siento encima de la maleta y consigo cerrar la cremallera haciendo a que la ropa entre a presión. Dos semanas son muchos días, así que facturar una maleta es obligatorio. Con la de mano y la mochila debería tener suficiente, pero tengo la sensación de que me falta espacio. ¡Argh! **No puedo creer que este día haya llegado.** Estos dos últimos meses han pasado volando. Entre las clases del instituto, un par de eventos que he tenido de Musical.ly, los ensayos de las coreografías y los exámenes, no me he dado ni cuenta. ¡Y por fin ha llegado el día en que nos vamos de gira!

Dentro de tres horas sale nuestro primer vuelo, con destino a París. ¡Un sueño! Todos los del grupo estamos superemocionados. La verdad es que en estas semanas casi no he hablado con Jack. Se ha metido de lleno en los ensayos de los conciertos y si a eso le añadimos las entrevistas promocionales que ha tenido que hacer, nuestras conversaciones han sido escasas. No quiero pensar en el momento en que nos veamos... ¿qué le diré? Hablar a través de una pantalla se ha hecho más o menos fácil, pero verle en persona ya es otra cosa... ¿Y si no me salen las palabras? ¿Y si no hay feeling entre nosotros? **Bip. Bip.**

S Hoy es el gran día. ¿Preparada?

Cuando consiga cerrar la maleta lo estaré. L

¡Qué nervios!

S ¡Estoy nerviosa hasta yo, y eso que no me voy a ningún sitio!

Así como mi contacto con Jack ha disminuido en estos meses, con Sara la relación ha ido creciendo. Nuestras charlas no han llegado al punto de ser diarias, pero sí que he podido conocerla un poquito más y la verdad es que es una chica encantadora. Lástima que sus compañeros de instituto no sepan ver lo maravillosa que es. Sara me confesó que **lleva meses sufriendo bullying**, pero que no ha dicho nada en casa por miedo y vergüenza. A nivel físico no le han hecho nada, pero a nivel mental la tienen machacada. Se meten con su cuerpo, con su forma de vestir y, entre otras cosas, la marginan en clase. Tampoco la aceptan como amiga en las redes sociales ni la invitan cuando quedan los fines de semana. ¡Cómo me gustaría presentarme en su colegio y decirles a esos chicos lo que pienso! Sara vive en Madrid y hemos quedado en conocernos cuando la gira de The Rocks pase por ahí. De hecho, ese será el último concierto del tour por Europa, así que aún quedan dos semanas por delante para vivir un montón de aventuras. ¡Qué ganas de subirme al avión!

Llegamos al aeropuerto y nos encontramos delante de la cafetería principal de la terminal. Todos estamos atacados de los nervios, no solo nosotros sino también nuestros padres.

—Como no me llames cada día te juro que cojo un avión y me presento en Berlín, en Ámsterdam o dondequiera que estéis —le advierte el padre de María a mi amiga.

—¿Llevas el DNI y el pasaporte? —pregunta la madre de Manu a su hijo.

—Portaos bien... ¡que os estaremos vigilando! —Papá alza la voz en un mensaje que va dirigido a todos.

Después de pasar todos los controles, hacer cola en la puerta de embarque, atravesar el finger y entrar en el avión, por fin nos acomodamos en nuestros asientos. El vuelo transcurre con total normalidad y acabamos durmiéndonos todos. Cuando las ruedas del avión tocan tierra firme siento un nudo en la garganta. La cuenta atrás está a punto de terminar. Ya estamos en París y falta muy poco no solo para que dé inicio uno de los viajes más emocionantes de mi vida sino para que me reencuentre con el chico de mis sueños: Jack.

Al ver la puerta de entrada del Opera Hilton de París me quedo sin respiración. ¡Vaya hotelazo! En la entrada una cara familiar nos espera con una sonrisa de oreja a oreja: es Jena.

—¡Chicos! —Nos saluda con gran emoción.

Hace un día precioso, con un sol que ilumina la calle y que transforma todo lo que ven mis ojos en una estampa de película. El hotel donde nos alojaremos ocupa la manzana entera y yo no puedo dejar de admirar la grandeza de la construcción. Estoy, literalmente, embobada.

—¿Qué tal el viaje?

—¡Súúúper! —responde María alargando las letras.

—¡Bien! Ahora dejamos las maletas en las habitaciones y en cuarenta y cinco minutos hemos quedado toda la *crew* para comer juntos.

¿Toda la *crew*? ¿Eso incluye a The Rocks? ¿A Jack? ¿Cuarenta y cinco minutos? ¡Y yo con esta cara! Entramos en el hotel, que tiene unos techos altísimos, y un botones nos saluda con amabilidad. Nos dirigimos a los mostradores para hacer el check in y comprobamos que estamos en la planta cuarta. Mi habitación es la 441.

Cuando abro la puerta de mi cuarto no puedo creer lo que ven mis ojos. La cama es enorme y el baño, precioso. Lástima que solo vayamos a estar dos noches... ¡Este cuarto es un sueño! Me meto en la ducha a toda prisa y mientras me enjabono pienso en qué me voy a poner para ir a comer. **¿Falda o vestido?** Al final me decido por unos shorts vaqueros y una camiseta de hombros descubiertos de color blanco. Sencilla pero mona. Es mediodía, así que paso de arreglarme mucho. El pelo suelto y un poco de rímel será suficiente.

Ma ¿Estás?

Yees. L

Ma Te espero en la puerta de tu cuarto.

Salgo. 😜 L

Cierro la puerta y cuando me doy la vuelta y veo a María a mi lado pego un bote del susto. ¡Qué silenciosa se ha vuelto de repente!

—¿Cómo estás?

—¿Cómo estoy de qué? —le pregunto con cara de interrogante.

—No te hagas la tonta... ¡Que vas a ver a Jack!

«Gracias, María, por ayudarme a calmar mis nervios», pienso.

—Pues nerviosa, ¿cómo crees que estoy? Aunque puede que no esté...

—¿Cómo no va a estar? ¡Tía, que es su gira!

—Sí, bueno...

La voz de Manu y de Andrés interrumpe nuestra conversación. Tan solo falta Eva. Un minuto después sale de su habitación y los cinco nos metemos en el ascensor para ir al comedor. Esto es tan grande que necesitaremos un mapa para no perdernos. Cuando llegamos a la planta baja las puertas se abren y la majestuosa recepción aparece ante nuestros ojos.

Salimos y nos quedamos un momento parados buscando la señal que nos indique hacia dónde debemos dirigirnos. Andrés la encuentra y justo cuando nos ponemos en marcha alguien me llama por mi nombre. Me quedo petrificada al identificar la voz: **¡es Jack!**

Tardo unas milésimas de segundo en darme la vuelta porque creo que las órdenes de mi cerebro no llegan a mi cuerpo. Lo hago justo en el momento en que él me roza el brazo, y cuando termino de darme la vuelta me encuentro con él de frente. ¡Qué guapo es!

—¡Estás aquí! —me dice sonriendo.

—Sí, y tú también...

Bravo Laura. Un aplauso a esta maravillosa respuesta.

—¿Dos besos en España, *right*? —pregunta antes de acercarse y darme un beso en cada una de mis acaloradas mejillas—. ¿Cómo está el vuelo?

—Oh, bien, bien... muy bien. —¿Por qué no me salen nada más que monosílabos?

—Hola, soy Manu, ¿qué tal?

Manu aparece a mi lado y extiende la mano a modo de saludo. **Noto su tono de voz algo serio**, pero en estos momentos tengo el cerebro tan refrito que no me fío ni de mis propias percepciones. Jack lo mira, sonríe y extiende la mano para saludarlo.

—Lo sé. Conozco vosotros de Londres. ¡Hola! —exclama mirando al resto del grupo y saludando de forma genérica.

—¿Vamos a comer? —pregunto rápidamente.

—*Yes*, todos juntos. *Let's go!* —contesta Jack poniéndome una mano en la espalda y acompañando mis primeros pasos hacia el comedor. Creo que me voy a desmayar.

Entramos en una sala enorme, donde una mesa gigante ya está preparada. Hay un montón de gente, entre ellos Jena, el mánager de The Rocks y el resto de los integrantes de la banda. ¡Todavía no me creo que estemos aquí! Jack se avanza a nosotros y se va directo

a saludar a un grupo de chicos que, por lo que he visto en redes, son los músicos que los acompañan en los directos. Jena se acerca a nosotros y nos indica dónde tenemos que sentarnos. Noto que Jack mira de reojo hacia donde estamos, pero enseguida vuelve a su conversación con uno de los guitarristas.

La comida está riquísima, aunque con el nudo que tengo en el estómago casi no puedo probar bocado. Nos han sentado al lado de gente del equipo de producción y la verdad es que no nos dan mucha conversación. De todas formas se les ve agradables. Me encantaría sacar el móvil y hacernos una foto en este momento pero me da corte. ¿Y si no es adecuado? Cuando traen los postres y veo los pasteles recupero el apetito de golpe. ¡Lo quiero todo!

—¿Te gustan, Laura?

La voz de Jack a mis espaldas me pilla por sorpresa. Se ha levantado y se ha acercado hacia mi asiento para preguntarnos, en general, qué tal estamos. ¿Cómo puede ser tan encantador?

—*Hey, people!* —dice en voz alta y, justo después, dando una palmada al aire para que todos le presten atención, propone—: *Let's take a selfie, guys!*

Jack saca el móvil de su bolsillo y se coloca a mi lado. El resto del equipo se amontona tras la mesa para salir en la foto y yo, apretujada entre Jack y María (que ya está poniendo morritos), **sonrío todo lo que mis nervios me dejan**.

—*Awesome!* —grita Jack al comprobar cómo ha quedado—. *Gonna post it!* ¿Te gusta?

Jack gira la pantalla del móvil y me muestra la foto para que dé mi aprobación. No es mi mejor selfi, la verdad, pero es lo que hay.

Veo que la cuelga en su Instagram y justo en ese momento mi móvil vibra. Debe de haberme etiquetado y me habrá llegado la notificación.

—*I'm happy* porque estás aquí... Estáis todos, *I mean.*

—Sí, yo también estoy *happy* —le confieso riendo—. ¿Va bien el español?

—Oh, per-fec-to. ¿Lo ves? —pregunta marcando mucho las sílabas.

Los dos nos echamos a reír, pero la voz del mánager hace que nos callemos. Jack y el resto del grupo se tienen que ir.

—Nos vemos luego... ¡Ah! Otra cosa... Lo tengo, *don't worry.* —dice mientras me guiña el ojo.

Cuando oigo las palabras de Jack sé exactamente a qué se refiere: **el colgante que me regaló mi abuela**. En todos estos meses que hemos estado hablando por redes se ha negado a decirme cómo lo consiguió y quedamos en que me lo contaría cuando me lo diera en persona.

—¿El colgante? —pregunto para asegurarme.

—*Yes!* Y no, ahora no es el momento. *See you* luego!

Jack se va y yo me quedo con cara de tonta. ¿Por qué tanto misterio con el colgante? La voz de Eva interrumpe mis pensamientos.

—Oye, como tenemos la tarde libre, ¿os parece que nos vayamos de turisteo?

—¡Genial! —interviene María—. ¿Estamos muy lejos de la torre Eiffel? Me muero por verla de cerca.

Manu saca su móvil y busca la distancia en el Google Maps. Está relativamente cerca, así que echamos a andar disfrutando del precioso día soleado con el que París nos ha dado la bienvenida.

Cuando llegamos ante el monumento los cinco nos quedamos mudos mientras lo contemplamos.

¡Es impresionante!

—Chicos, he tenido una idea... ¡A ver qué os parece! —anuncia María.

—Miedo me da oír esas palabras de tu boca... —comenta Manu.

—Buuu... ¡Calla, pesado! A ver, aprovechando que vamos a visitar un montón de sitios, ¿por qué no grabamos vídeos delante de los monumentos más famosos y los colgamos en redes?

—¡Uala, cómo mola! —exclama Andrés.

—Se me ocurre... —Me interrumpo a mí misma mientras proceso la idea—. **¿Y si hacemos que sean vídeos de Musical.ly?** También podemos hacer una versión larga para tenerla de recuerdo, pero creo que si los hacemos con transiciones y algunos truquis pueden quedar muy muy guais.

—¡Me encanta! —contesta Eva—. Empezamos por la torre Eiffel, ¿verdad?

—*Oui, madame* —le digo y me da la risa por el acento afrancesado que me ha salido.

—¿Sabéis qué sería también muy chulo? —añade Andrés—. Hacer una transición de día a noche.

—¡Pedazo de idea! Pero para eso tendríamos que volver aquí cuando oscurezca. ¿Os parece bien, chicos? —pregunto.

Todos asienten sonrientes. ¡Nos va a quedar un vídeo chulísimo!

—¿Qué tal si empezamos con un poco de reguetón? —sugiere María.

—Si no hay otra opción...

—¡Manu, deja de quejarte! —le exijo.

—A la orden, *mademoiselle* —me contesta con sorna.

Ensayamos los pasos que hará cada uno y qué transiciones vamos a usar. Esta es la primera vez que los cinco vamos a grabar un vídeo para Musical.ly y el hecho de tener la torre Eiffel como escenario va a hacer que sea más especial aún. Cuando terminamos hacemos una votación para decidir qué más visitamos y aunque los Campos Elíseos son una pasada, tenemos que descartarlos. Nos quedamos con el Sagrado Corazón y el barrio de Montmartre. ¡Me muero por recorrer las calles del barrio a cuyos pies está el Moulin Rouge!

Las vistas desde lo alto del Sagrado Corazón son brutales. Vale, casi nos quedamos sin pulmones subiendo las escaleras, pero ha merecido la pena. **¡Qué bonito se ve París desde aquí!** Una voz a mi espalda me hace desviar la atención del paisaje.

—*Pardon, vous êtes Laura, n'est-ce pas?*

¿Me hablan a mí?

—*Êtes-vous Laura?* —me pregunta una chica.

—*Oui...* —respondo con cara de extrañada.

—*Mon Dieu! Je suis fan de The Rocks!!!*

Sonrío al ver la ilusión que le hace haberme encontrado ahí. Cuando se da cuenta de que conmigo están Eva, María, Manu y Andrés, la chica y sus amigas empiezan a reír de forma histérica. ¡Resulta que nos conocen del videoclip! El grupo de fans nos pide selfis y hasta autógrafos. Una de las chicas tiene especial fijación con Manu. ¡Se saca como diez fotos con él!

Antes de despedirnos de ellas les preguntamos cómo llegar a Montmartre. Cuando ponemos los pies en ese barrio siento la ma-

gia de la película *Moulin Rouge*. ¡Cómo me gustaría vivir en un musical! El suelo adoquinado y las terracitas encima de las aceras son tan encantadoras que no puedo evitar hacer Stories en todos los sitios. ¡Qué bonito!

Pasamos la tarde recorriendo las calles y, evidentemente, nos hacemos una foto delante del Moulin Rouge con la ayuda del palo selfi. La luz ha empezado a bajar, así que toca regresar a la torre Eiffel. Empiezo a notarme cansada del viaje y de todas las emociones que he vivido en el día de hoy, así que no quiero acostarme tarde.

—¡Ualaaa! —suelta María al ver el monumento de hierro forjado iluminado, tal como hemos visto en un montón de películas.

Nos colocamos en el mismo lugar que hace unas horas y grabamos lo que queda de vídeo para completar nuestra coreografía.

—Cuando llegue le doy unos retoques de luz y color y lo subo —les digo a los chicos mientras volvemos al hotel.

—Pues yo creo que me iré directa a la cama —comenta Eva—. Estoy supercansada.

—¿Cansada? Con solo pensar que mañana debutamos en el escenario con The Rocks me pongo como una moto —reconoce María.

¡Es verdad! Todo está pasando tan deprisa que ni siquiera he pensado en ello. Mañana es el gran día, el día de nuestro primer concierto... y tengo la certeza de que será épico.

CAPÍTULO 5 ♥ Primera actuación

Martes, 6 de julio.
18.00 horas

Estoy agotada y aún no hemos salido a actuar. Creía que los días de concierto las cosas se hacían con calma para que la gente no malgastara fuerzas y estuviese a tope en el momento clave. Pues no. Desde que nos hemos levantado, esto ha sido un no parar. Anoche llegamos al hotel casi a las once y, como resultado, nos quedamos sin cenar. ¡Podrían habernos avisado de que la cocina cerraba a las diez y media! Por suerte el bar del hotel aún estaba abierto, así que nos hicieron unos sándwiches. Pero cuando quise morirme fue cuando leí la convocatoria para la mañana siguiente. ¡Todos en la puerta del hotel a las ocho de la mañana! *WHAT?* Y desde que nos hemos levantado, esto ha sido una locura. Pruebas de vestuario, ensayos de coreografías, maquillaje y peluquería de prueba para ver cuál de los SIETE peinados que me han hecho (por no hablar de la decena que han probado con Eva) queda mejor... ¡Muy fuerte!

Esto de ser una estrella del rock estresa, y mucho. Hablando de estrellas del rock... a Jack casi ni lo he visto. Nos han recogido en una furgoneta en la que íbamos nosotros cinco con tres chicos de producción y Jena. ¡Por lo menos ella siempre está en nuestro grupo! En el estadio tampoco hemos coincidido porque mientras ellos hacían pruebas de sonido nosotros estábamos en una sala ensayando los pasos de baile. Que digo yo, ¿no estaría bien que lo hubiésemos hecho todos juntos si luego vamos a compartir escenario? En fin, ellos sabrán... Sobre las cuatro y media, cuando se ha acabado toda esa locura, nos han devuelto al hotel después de haber comido otro sándwich.

Son las seis de la tarde y dentro de media hora viene la furgoneta para llevarnos de nuevo al recinto, esta vez para quedarnos. ¡Qué ganas tengo de subirme a ese escenario con los chicos y darlo todo delante del público! Llegó el gran día y estoy lista para disfrutarlo.

♥

—No, no, no... *That way!*

—*Sorry!*—le dice María al hombre que casi la deja sorda al indicarle que no pasase por debajo de unas plataformas de la zona interior del estadio.

Nos dirigimos a la zona de backstage para vestirnos. Jena nos espera en maquillaje para que nos pongan guapos y de ahí a un camerino para empezar a calentar antes del show. ¡No queda nada!

El exterior del estadio está a reventar de gente, y eso que cuando hemos llegado ya habían abierto las puertas y la mitad de la pista estaba llena de fans. Lo normal sería que mis amigos y yo estuviésemos ahí, como otros seguidores más de The Rocks, y en cambio...

—¿Podéis esperar un momento?

—Andrés, tío, es la tercera vez que vas al baño en la última hora. ¿Te has bebido las reservas de agua de la ciudad? —inquiere Manu.

—Solo será un momento...

Andrés sale corriendo en dirección a los lavabos y Manu se me acerca para comentarme que nuestro amigo lleva toda la mañana «rarito».

—¿A qué te refieres? —le pregunto extrañada.

—No sé, está como ido... Ni siquiera me ha hablado de probabilidades en todo el día.

—Estará nervioso, supongo. ¿Tú no lo estás?

—¿Yo? Yo nací preparado, Laura...

—Eres taaan petardo... Ja, ja, ja.

Andrés regresa del baño y nos vamos a vestuario.

—¡Tres outfits! —grita María con una emoción tremenda en la voz.

—¡Este me encanta! —exclama Eva descolgando del perchero un traje que juega con los colores naranja y verde chillón.

—Pues espera a ver esto... Apagad las luces.

—Andrés, tú cada vez estás peor... —le suelta Manu.

—Hacedme caso, apagad las luces.

—¡Me muerooo! —grita María al ver que la ropa es como de neón y que en el momento en que se apaguen las luces tras nuestro primer baile se nos podrá ver brillando en la oscuridad.

—¡Como para intentar escaparse del escenario! —comenta Manu, y todos nos echamos a reír.

Ya vestidos toca pasar por chapa y pintura. Al final me han dibujado unos adornos plateados en la cara que son dignos de Coachella y me han trenzado el pelo al estilo boxeador, con dos trenzas altas a cada lado de la cabeza que, a su vez, llevan hilos color naranja y verde mezclados con mis mechones de pelo. ¡Necesito hacerme un selfi YA!

—Me encanta el peinado, chicas —dice Andrés al vernos a las tres con ese look tan tribal.

—Pues a mí me recordáis a los protas de *Avatar*. Solo falta que os pinten de azul —interviene Manu.

—Es que si nos pintan de azul pareceremos los pitufos, y a ti, con tu cara, te confundirán con el más gruñón de todos.

Lo cierto es que estamos todos de catálogo. ¡Ahora sí que parecemos estrellas!

—*Are you ready?* —pregunta un asistente de producción que, tras vernos asentir con la cabeza, nos conduce a NUESTRO camerino y nos indica que dentro de un rato vendrán a por nosotros.

—Espero que el top aguante en su posición —murmura María ajustándose la prenda que deja todo su abdomen al descubierto.

—Pues sería muy divertido que no lo hiciera... —replica Manu.

Los dos empiezan a pelearse entre risas y yo desvío mi mirada. Eva, con lo aplicada que es, ya está realizando ejercicios de estiramiento de las piernas mientras que Andrés... Andrés... ¿Dónde está Andrés?

—Apuesto veinte euros a que está en el baño —comenta Manu en tono de burla.

Salgo del camerino y voy al baño que tenemos justo al lado. ¿Qué hago? ¿Espero aquí fuera? No debería entrar en el lavabo de los chicos, pero empiezo a estar preocupada por mi amigo. Manu tenía razón, *está un poco raro*. Abro la puerta del baño de hombres y me encuentro a Andrés sentado en el suelo con las piernas apretadas contra el pecho y la nuca mojada.

—¡Andrés! ¿Qué ha pasado? —le pregunto alarmada a la vez que me lanzo al suelo para ponerme a su lado.

—Laura, yo, yo... —balbucea.

—Tranquilo, no pasa nada... Vamos, respira.

—Yo... no puedo, no puedo hacerlo.

—No puedes hacer ¿qué?

—Bailar.

Mi amigo se encuentra en pleno ataque de pánico y no sé si voy a ser capaz de ayudarlo. Tal vez si llamo al resto...

—Espera, voy a buscar a los chicos.

—¡No! —Andrés niega con la cabeza y me agarra del brazo para que no me mueva—. Por favor, no les digas nada de esto. No quiero que me vean así.

—¿Así? Andrés, somos tus amigos... —digo en tono comprensivo.

—Sí, ya lo sé, pero... No sé, esto no me había pasado nunca. **Me cuesta respirar...**

—Vale, vamos a hacer una cosa. Mírame a los ojos y vamos a respirar los dos juntos, ¿vale?

Andrés me mira y veo el miedo en sus ojos. Me siento fatal por él. Lo agarro de las manos y los dos empezamos a respirar profundamente con los ojos cerrados durante un buen rato, hasta que noto que sus dedos han dejado de temblar.

—¿Mejor?

—Sí. Gracias, Laura.

—¿Por qué dices que no puedes bailar?

—La voy a fastidiar, seguro. Se me olvidará algún paso, o me perderé... o peor aún, ¿y si me tropiezo?

—Andrés, claro que puedes bailar. Lo que pasa es que tienes miedo... como yo.

—¿Tú?

—¡Claro! A ver si te crees que soy de hierro, igual que la torre Eiffel.

—Pero si tú estás acostumbrada a esto...

—No, no. Yo estoy acostumbrada a grabar vídeos con la ayuda de mi padre y subirlos a internet, que es distinto. Y sí, tengo muchos seguidores y todo lo que tú quieras, pero eso incluso me pone más presión encima porque sé que todos van a estar pendientes de mí. Yo también puedo fallar, ¿sabes?

—¿Y qué haces para no tener miedo?

—Mmm... Verás, el miedo no se va, simplemente no dejo que me domine. En vez de pensar en todo lo malo que puede pasar, prefiero imaginarme todo lo bueno que está por venir. Y así, con el subidón en el cuerpo, soy capaz de dar lo mejor de mí.

—Decirlo es fácil, pero hacerlo...

—No lo es tanto, ya lo sé, pero tú puedes. Mira, si quieres haz una cosa. Cuando estés bailando y te entre el pánico, mírame a mí. Olvídate del público y sigue mis pasos.

Andrés duda, pero acaba sonriendo y asiente con la cabeza. Nos levantamos del suelo, nos lavamos las manos y volvemos al camerino con el resto de los chicos. Aprovechamos el tiempo que nos queda para repasar algunos de los pasos y para hacer una videollamada a nuestros padres, que se quedan alucinando con el estilismo que nos han puesto.

—Hija mía, pareces una guerrera africana —comenta mamá.

En cuanto nos despedimos de ellos, la puerta del camerino se abre y aparece el chico de producción. **Llegó la hora.** Viene a buscarnos para llevarnos tras el escenario. Las tripas del estadio son un hervidero de gente que va arriba y abajo mientras los teloneros tocan sus últimas notas. Y entonces se hace el silencio. El asistente de producción nos lleva a la parte trasera del escenario y aunque está todo a oscuras, algunos focos nos permiten ver más o menos sin problemas. ¡Esto va en serio!

—¡Amigos!

La voz de Jena es inconfundible. Se acerca a nosotros con una sonrisa enorme y nos da un abrazo conjunto, de manera que los seis acabamos hechos un ovillo. Cuando nos separamos y vuelvo la cabeza hacia la derecha, me doy cuenta de que The Rocks acaban de llegar.

En estos momentos es cuando soy consciente de lo grande que es esto, y no solo me refiero a sus dimensiones físicas. Los focos se apagan del todo y los gritos de la gente se vuelven ensordecedores. Saben que la banda está a punto de aparecer en escena y la emoción invade sus cuerpos, igual que me está pasando a mí. ¡Qué subidón!

Los miembros de The Rocks saltan al escenario uno a uno, todos menos Jack. Se colocan en sus posiciones y comienzan a tocar al mismo tiempo que pequeños focos iluminan la escena. Primero suena la batería: el primer golpe de la baqueta hace estallar en gritos a los fans. ¡Brutal! Tras las cortinas está Jack, la estrella de la banda que, como tal, será el último en aparecer. Estoy embobada, como si esto fuese una película y yo, una simple espectadora. Pero no, yo también soy parte del elenco, y la última mirada de Jack, **acompañada de un guiño de ojo**, me lo confirma. Tras el gesto, sale corriendo al escenario y el público se vuelve completamente loco.

The Rocks inicia el concierto con uno de los temas más cañeros de su discografía. Nosotros salimos a bailar en el tercero. No sé cómo, pero Manu, Eva, Andrés, María y yo hemos acabado cogidos de las manos, traspasándonos fuerza las unos a los otros. Nuestro momento está a punto de llegar. ¡Vamos allá!

—*And now, please welcome our awesome dancers! Come on, guys!*

La frase de Jack indica que ha llegado nuestro turno. Soy la primera en traspasar la cortina y el resto del grupo me sigue. Cuando la luz cegadora del escenario me alumbra, siento cómo la adrenalina me recorre todo el cuerpo. ¡Qué pasada! La gente nos aplaude. Se nota que nos conocen del videoclip porque puedo ver a algunos fans del lateral saludándonos con las manos y con caras totalmente ilusionadas.

La música empieza a sonar y nosotros a movernos tal como teníamos ensayado. La sensación es genial y la verdad es que no pienso en que hay miles de personas delante de nosotros. Tan solo me dedico a disfrutar del momento.

El tiempo pasa volando y cuando quiero darme cuenta, ya hemos terminado nuestro primer concierto. ¡Ha sido increíble! Los cinco recibimos un abrazo gigante de Jena, y todo el equipo de producción nos felicita por nuestra actuación. Rápidamente voy hacia Andrés y le doy un abrazo, que él me devuelve como muestra de agradecimiento.

—¡Ha sido una **PA-SA-DA**! —grita María eufórica cuando llegamos a los camerinos.

—¿Os habéis fijado en la cantidad de lucecitas de móvil? Nos deben de haber grabado miles de personas —comenta Manu.

—¡Lo hemos hecho, chicos! —exclama Eva.

—Sí, y mañana más —afirmo.

Empezamos a recoger nuestras cosas cuando alguien llama a la puerta del camerino. Andrés, que es quien está más cerca, se encarga de abrir. De repente se hace un silencio que me da la sensación que dura horas, y cuando me doy la vuelta para ver qué ocurre veo a Jack con un ramo de rosas en la mano. OMG. ¡No puede ser más adorable!

—*Hey, guys! You killed it!* ¡¡¡Felicitaciones!!!

—*Thank you* —contestan los chicos al unísono y con voz de flipados.

Vale, yo he estado en contacto con Jack durante estos meses y puedo estar medianamente acostumbrada a hablar con él, pero mis amigos no. Creo que están desconcertados por lo «normal» que es, a pesar de ser una estrella mundial.

—Chicos —interviene María—, Jena ha dicho que nos esperaba en la sala del vending... ¿Por qué no vamos tirando y luego nos alcanzáis vosotros? —propone guiñándome un ojo y moviendo las manos para que el resto de mis amigos se vayan con ella.

—Yo no he oído nada de eso —declara Manu.

—Porque tú estás en las nubes. Vamos, que Jena nos espera —replica María con cara de querer matarlo.

Los chicos abandonan el camerino y nos dejan solos a Jack y a mí. **Tierra, trágame.**

—Espectacular, Laura.

—¿Yo? ¡Vosotros sí que habéis estado espectaculares!

—¡Oh! —dice y se mira la mano—. Esto es para ti.

Jack me entrega el ramo de flores y yo lo cojo, aunque no sé bien qué hacer con él. ¡Parezco tonta!

—Primer show superado. *Are you happy?*

— ¡Mucho! Estaba nerviosa al principio pero al salir al escenario ha sido como..., uaaau, como volar. ¡Había muchísima gente!

—*Yes,* París es una buena audiencia. Mucho éxito del disco aquí en Francia.

—Oye, y en España también —respondo sacando la lengua.

—*Oh, yes, yes* —afirma poniéndose una mano en el pecho—. En España los fans también son muy muy *great.*

—¡Ja, ja, ja! Gracias. La verdad es que esto es increíble. Gracias por darnos la oportunidad de bailar con vosotros. Es un sueño.

—¿Sueño? ¿Tú tienes sueño?

—¡Ja, ja, ja! No, no. Me refiero a que bailar aquí con The Rocks *is like a dream.*

—Oooh, entiendo. **Tú bailando aquí es también un sueño para mí.**

Silencio. Me quedo loca con lo que me acaba de decir. ¿Está siendo demasiado «amable» conmigo o son paranoias mías? No sé qué responder. El asistente de producción entra en el camerino en ese momento y cuando nos ve solos a los dos se queda supercortado y pide perdón. Nos avisa de que las furgonetas ya están fuera y que tenemos que salir.

Jack y yo caminamos juntos por las tripas del estadio hasta que llegamos a la puerta trasera. Los gritos de los fans se oyen como si los tuviéramos pegados a las orejas. ¡Qué heavy! Jack me mira antes de que se abra la puerta.

—*Are you ready?*

—Sí —contesto.

La puerta metalizada se abre y los gritos me dejan completamente sorda. Jack se me adelanta y, de forma inesperada, agarra mi mano y tira de ella. Recorremos el espacio que hay desde donde estamos hasta donde nos esperan las furgonetas y **veo decenas de cámaras haciéndonos fotos**. Jack me acompaña hasta el vehículo donde están mis amigos, me ayuda a subir y se marcha corriendo a la furgoneta grande, que es la que transporta a The Rocks. Me quedo embobada mirando por los cristales a todos esos fans que gritan como locos al haber visto a su ídolo a pocos metros de distancia y me doy cuenta de lo afortunada que soy.

CAPÍTULO 6 ♥ Pacto de silencio

Miércoles, 7 de julio.
5.00 horas

Bip. Bip. Bip.

Imposible. No puede ser ya la hora de levantarse. Tengo que haberme equivocado al poner la alarma... Con los ojos cerrados palpo bajo la almohada hasta que doy con el móvil, que no deja de sonar. Mis párpados hacen un esfuerzo titánico por separarse para comprobar que, efectivamente, son las cinco de la mañana. Hay que levantarse. Nos han citado a las seis menos cuarto en la recepción para salir hacia el aeropuerto camino de Berlín. En fin, ya dormiré en el avión...

—¡¿Holaaa?! —exclamo sentada en la cama cuando compruebo mis notificaciones de redes sociales.

Mi móvil está on fire. De hecho, no recuerdo haber tenido tantas menciones jamás. Imagino que será por el concierto de anoche. Venga, echo un vistazo rápido y me voy a la ducha. Sin embargo, mis ojos se quedan clavados en la pantalla cuando empiezo a leer los tuits y los comentarios de Instagram.

InstaGossip @instagossip
Jack James, líder de The Rocks, enamorado de la estrella de Musical.ly española Laura López. ¡Y tenemos las fotos que lo prueban!

Canal 5 Celebs @canal5celebs
¡Cazados! Jack James y su nueva novia, pillados en París. Las fotos que confirman el romance.

Pero ¿esto qué es? ¿De qué fotos hablan? Pincho en los links para que se abran las noticias y me quedo flipada al descubrirme a mí misma retratada. Sí, soy yo, no cabe duda. Salgo de la mano de Jack justo en el momento en que abandonamos el estadio y fuimos corriendo hacia las furgonetas. Fueron diez segundos de nada, pero han servido para que se inventen un romance inexistente.

—¿Laura?

La voz de María al otro lado de la puerta me saca de mi trance. Me levanto corriendo a abrirla.

—Vale. Por la cara que tienes deduzco que lo has visto, ¿no?

—Pero ¿de qué están hablando, María? ¡No entiendo nada!

—Ya sabes cómo es la prensa... sobre todo los portales de cotilleos. Y con lo del trending topic el tema se les está yendo de las manos...

—¿Trending topic? —pregunto alarmada.

—¿No lo has visto? Bueno... pues que sepas que los fans ya os han shippeado y que vuestro «romance» ya tiene nombre: *Jalau*.

—Me tomas el pelo, ¿verdad?

—Que no tía, te lo juro. Mira en tendencias... ¡Eres la prota del día!

Resoplo y compruebo que Jalau, la fusión de los nombres de Jack y Laura, es TT... ¡mundial! Estoy alucinada.

—Lau, no te rayes...

—¿Tanto se me nota?

—Te conozco y por tu cara veo que no te hace gracia que esté pasando esto. Y lo entiendo. Pero, tranquila, fijo que dura un par de días y luego todo vuelve a la normalidad. ¿Por qué no te vas a la ducha mientras yo recojo tus cosas y las meto en la maleta?

No sé qué haría sin amigas como María. Es una montaña rusa que no calla ni bajo el agua, pero en los momentos importantes sabe lo que tiene que hacer y decir. Saco algo de ropa y me meto en el baño, pero el agua resbalando por mi cabeza no consigue apartar de mí esta sensación de angustia que tengo desde que comprobé el móvil hace un rato. No sé por qué, pero tengo la sensación de que lo de Jalau no se pasará en dos días...

♥

—*Laura López? Your room is 4215.*

—*Thank you*... Bueno, *Danke.*

El vuelo a Berlín no ha sido todo lo rápido que esperaba. No he podido pegar ojo a pesar de haberlo intentado. Me siento muy intranquila y creo que el resto del grupo lo sabe. Es más, tengo la intuición de que María ha hablado con ellos porque nadie me ha comentado nada sobre Jalau y toda la historia que se ha montado en redes. Manu y Andrés han caído fritos en cuanto se han sentado en el avión y Eva se ha quedado en modo introspección con su iPod.

—Veo en el horario que estamos citados aquí en el hotel a las siete de la tarde —informa Andrés—. ¿Dejamos esto en el cuarto y nos vamos a hacer el guiri por Berlín?

—¡Y pillamos unos cafés, porfa! —añade Eva como leyéndome el pensamiento.

Media hora más tarde nos reunimos de nuevo en la recepción. Salimos a la calle y por suerte los nubarrones que había cuando hemos aterrizado se han disipado.

—¿Dónde vamos? —pregunta Manu.

—A ver, son casi las doce del mediodía. ¿Nos damos de límite hasta las seis? —propone Andrés.

—Laura, ¿tú qué dices?

La pregunta de Eva me hace reaccionar. Estoy como que no estoy.

—¿Las seis? Ah, sí, me parece bien...

—¡Estás empanada! A ver si vuelves a la Tierra.

—Calla, no seas bruto —le ordena María a Manu a la vez que le da un codazo.

Lo sabía. María se ha encargado de que haya pacto de silencio y por eso nadie ha comentado nada de lo de Jalau y las redes sociales. En fin, las cosas no se solucionan ignorándolas, así que lo mejor será hablar de ello abiertamente.

—Mirad, chicos... Os agradezco que no hayáis dicho nada del tema de Jack, pero no soporto que estéis raros conmigo. Necesito que actuéis con normalidad, es la única forma de no tener la mente pensando en eso todo el rato...

—¿Lo ves? Te dije que nos iba a notar raros.

María lanza una mirada asesina a Manu que casi lo fulmina.

—¿Estás bien? —me pregunta Eva tocándome un hombro.

—Bueno, me cuesta asimilar lo que está pasando...

—Ya sabes que la gente es muy cotilla y se inventa romances de la nada. Porque imagino que lo tuyo con Jack es inventado, ¿no?

—¡Manu! —le increpan Eva y María a la vez.

—Solo era por confirmar...

—Claro que es inventado. Las fotos que publican son de cuando salimos del recinto y ya sabéis que de la furgoneta me fui al cuarto. Fin de la historia.

—¿Y él qué dice de todo esto? —inquiere Andrés.

Buena pregunta. **No he visto a Jack desde anoche.** Nos hemos marchado del hotel antes de que el grupo llegase y no lo he visto en el avión ni al bajar. ¿Puede que hayan ido en otro vuelo?

—Bueno, eso da igual —interviene María—. Ahora estamos en Berlín, hace un día genial y tenemos seis horas por delante para comernos la ciudad. ¿Ponemos rumbo a nuestra primera parada?

El primer sitio que visitamos es el edificio del Reichstag, un lugar histórico que a día de hoy es la sede del Parlamento alemán. Las columnas de la entrada son imponentes, pero lo que más nos llama la atención a todos es la cúpula de cristal que lo corona y que, según dicen, ofrece unas vistas de la ciudad brutales.

—Menos mal que para subir hay rampas y no escalones. ¿Vamos? —propone María.

—¿Estás de broma? —replica Manu.

—¿Por qué? No podemos irnos sin ver las vistas desde arriba.

—Qué pereza...

—¿Te da pereza o es que te mareas con tanta rampa en espiral? —le dice María con intención de picarlo.

—¿Marearme yo? Pero ¿qué dices? —Manu salta como un resorte—. A ver si la que se va a marear vas a ser tú y ahora pretendes hacerle creer al mundo que...

Chof. El discurso de Manu queda interrumpido cuando una cosa rara se estrella contra su cabeza. Acto seguido, una gota empieza a resbalar por su frente dejando un reguero de color marrón. El ataque de risa que nos da a todos es épico.

—Pero ¿qué...? —exclama Manu poniéndose la mano en la cabeza y comprobando que lo que le ha caído encima es una bola de helado de chocolate.

Por una de las rampas del edificio se asoma un niño de unos cuatro años con un cucurucho vacío en la mano. Su padre también se asoma y nos pide disculpas desde las alturas con señas mientras consuela a su hijo, que se ha puesto a llorar al darse cuenta de que ha perdido su bola de helado.

—A eso se le llama karma, ¿sabías? —le dice María y le saca la lengua—. Te han mandado un poquito de chocolate para ver si se te endulza el carácter agrio que tienes. ¡Ja, ja, ja!

Todos nos echamos a reír de nuevo mientras Manu saca unos pañuelos de su mochila y se limpia el chocolate que sigue resbalando por su frente. Esperamos a que vaya al baño para lavarse con agua y a su regreso subimos todos a lo alto de la cúpula. La verdad es que las vistas son espectaculares.

—¿Qué os parece si bailamos aquí? —sugiere Manu.

—El sitio mola pero no sé si se verá muy bien el fondo… —responde Eva.

—Yo había pensado hacerlo en **la puerta de Brandeburgo**. La vez que vine a Berlín hice un vídeo ahí y quedó chulísimo. Y seguro que a la gente que me sigue le gustará ver que estoy en el mismo sitio pero con vosotros.

—A mí me gusta la idea de Laura, ¿qué decís? —inquiere María.

Todos asienten, con lo que la puerta de Brandeburgo será el próximo escenario de nuestro musical.ly. A continuación, abandonamos el edificio del Reichstag y nos dirigimos al mítico muro de Berlín, un lugar que vuelve a ponerme los pelos de punta por todo el significado histórico que tiene. Como ya es la hora de comer, nos sentamos en un restaurante y nos zampamos unas hamburguesas como si no hubiese un mañana. ¡Estábamos hambrientos!

De ahí nos vamos a la catedral, un edificio bestial con unas cúpulas preciosas que de noche tiene que verse superbonito. Y, por último, llegamos al destino final de nuestro recorrido turístico: la puerta de Brandeburgo.

—¡Uala, cómo mola! —exclama María boquiabierta.

—Tenías razón, Laura, el vídeo quedará genial aquí.

—Gracias, Andrés —le respondo.

—¿Puedo elegir yo la canción? —pregunta Manu.

—¡Claro! A ver, ¿qué propones?

—Algo un poquito más discotequero, ¿no?

—Se me ocurre... ¿os atrevéis con el **shuffle**? —los reto.

—¿Te has vuelto loca? —replica Manu con los ojos abiertos.

—Va, si no cuesta tanto. Tú elige la canción, que yo os enseño unos pasos fáciles en un plis plas. ¡Ya veréis cómo mola!

Veinte minutos de ensayo han sido suficientes para que todos se aprendan la coreografía. ¡Mis amigos son unos cracks! Nos plantamos en una zona donde la perspectiva del monumento es buenísima y grabamos nuestro musical.ly con toda la energía del mundo. **¡Ha quedado genial!**

—Voy a subir un adelanto a Insta Stories y a Twitter para que estén pendientes del vídeo.

—¿Crees que podrás subirlo hoy? —me pregunta Eva.

—Mmm. —Me quedo pensando—. Pues no creo, tenemos el concierto; así que lo tendré que hacer de regreso al hotel. Aunque con lo guay que ha quedado no haré más que retocar un poco la luz y el color.

—*Perfect!* —exclama María.

Comparto unos pocos segundos de la grabación en la que estamos haciendo shuffle y quito los datos del móvil para ahorrar un poco. Nos vamos disparados al hotel y llegamos poco después de las seis. Tenemos tiempo únicamente para darnos una ducha y des-

cansar un rato. En cuanto salgo del baño me pongo el despertador, no sea que me duerma y la líe si no me presento a la hora indicada. Mi móvil se ha conectado al wifi automáticamente y veo que mi teléfono vuelve a ser un hervidero de notificaciones. **Bip. Bip. Bip.**

moni_Mad El shuffle es muy pro, qué ganitas de ver el vídeo completo. ¡¡¡Sois los mejores!!!

lily5656 Yo también estuve ahí con mis padres, Berlín es muy chulo. ¡Que vaya bien el concierto de hoy!

Me entretengo leyendo unos cuantos comentarios hasta que un mensaje me deja con la mirada clavada en la pantalla.

loulou7 Te crees que eres muy buena pero no. Jack se merece a alguien mejor que tú.

La mano me tiembla. No estoy acostumbrada a recibir mensajes que me ataquen de esta manera tan directa y gratuita. Y, por desgracia, ese no es el único mensaje en ese tono.

JessyLove Que alguien te enseñe shuffle, que no tienes ni idea. Si yo fuera Jack cambiaría de novia.

Lo que me faltaba. No solo tengo que asumir que medio mundo crea que Jack y yo estamos juntos, sino que encima tengo a algunas fans enamoradas de él que me están cogiendo manía porque sí. Abro Twitter y veo que las cosas no van mucho mejor.

RositaStyles @rositastyles
Laura está por Berlín y ni siquiera menciona a Jack. ¿Crisis en Jalau?

Tina4ever @tina4ever
Goals sería ver a Jack y Laura haciendo shuffle juntos. #JalauIsReal.

Por suerte, un whatsapp me saca del mundo de Twitter. Es Sara.

S Guapa! Imagino que vas liadísima, pero con todo lo que se ha montado en redes quería saber cómo estabas... 🤦‍♀️

Nena, parece que me hayas leído el pensamiento. Estaba justo consultando Twitter e Instagram. Jalau es una pesadilla... 😤 L

S Puedo entenderte... que gente que ni te conoce te critique o cuente cosas sobre ti que no son verdad duele. Pero ya sabes lo que tienes que hacer, ¿no?

¿Qué? L

S Pues lo que tú me has dicho a mí que haga siempre... PASAR. Ignora esos comments y quédate solo con la gente que te aporta buenas cosas.

Ya, si ya sé que te decía eso, L

pero ahora que me toca aplicarme el cuento a mí...

S ¡Vamos, Laura! No olvides que tienes el apoyo de tus fans y a tus amigos allí contigo. ¡Y que estás de gira con The Rocks! ¿Puede haber alguien en el mundo que no te tenga envidia? ¡Si te la tengo hasta yo!

¡Ja, ja, ja! Qué burra eres... Pero tienes razón. L

S Hazme caso y P-A-S-A.

Gracias. Te dejo, que tengo que irme al recinto L

del concierto. Hablamos luego.

S ¡A petarlo en el show!

Sara tiene toda la razón del mundo. Ni Jalau ni las mentiras de las redes sociales me van a impedir que disfrute de esto que estoy viviendo. **¡Vamos a por el segundo show!**

En el camerino los nervios siguen flotando en el ambiente, pero sin el miedo del día anterior. ¡Qué ganas de volver a salir a escena! Estamos ya vestidos y maquillados cuando llaman a la puerta: es Jack.

—Laura, ¿puedes venir un momento aquí, *outside*?

—Sí, claro... —respondo y salgo del camerino cerrando la puerta tras de mí.

—¿Cómo ha estado tu día?

—Muy bien, hemos hecho turismo por Berlín. ¡Es una ciudad chulísima! ¿Y tú? No te veo desde ayer...

—*Oh, yes...* Robbie se ha dormido esta mañana y hemos perdido el avión. *Oh, my God!*

—¿En seriooo? —pregunto abriendo mucho los ojos.

—*Yes...* ¡Es un desastre! *Anyway...* Yo quiero pedir perdón a ti, Laura.

—¿Perdón? —repito intrigada.

—*Yes*, por todo lo que hay en Twitter y *social media*. Las fotos, los comentarios... *I'm so sorry.*

—No te preocupes, no es culpa tuya. Se han montado un culebrón ellos solos. **¿Cómo pueden decir que soy tu novia?**

Jack se me queda mirando en silencio.

—*Oh, yes...* Es *crazy*, ¿verdad?

—Un poco... Pero, bueno, no te preocupes, estoy bien. He recibido algún comentario de alguna fan celosa, pero nada más. ¡Todo OK! Y tú, ¿cómo lo llevas?

—¿Yo? Para mí es normal esto.

—¿Normal? —pregunto con voz de asombro.

—*Yes.* La prensa siempre dice cosas así, muchas veces no son verdad, pero a veces los rumores son buenos para vender, *you know...*

—Ya, pero ¿no te molesta que se inventen mentiras sobre tu vida?

—Claro, pero *I can't control it.* ¿Me enfado con cada titular que lea? No tengo tiempo ni energía, la verdad.

—Sí, tienes razón... Pero me parece injusto.

—*Es la parte peor de ser famoso*, pero por suerte hay muchas cosas buenas que me hacen olvidar eso —dice Jack con una enorme sonrisa que me deslumbra. El hecho de que esté tan calmado me tranquiliza y hace que no lo vea tan grave.

En ese momento, uno de los asistentes de producción se acerca a nosotros, le pone una mano en la espalda a Jack y le indica que debe acudir con el resto del grupo, ya que los teloneros están a punto de terminar.

—Te veo en el escenario, Laura —se despide guiñándome un ojo.

Diez minutos después nos vienen a buscar a nosotros para que nos preparemos. El ritual es el mismo de ayer y la reacción del público al ver a The Rocks en el escenario es igualmente apoteósica. Se me ponen los pelos de punta de nuevo al oír los gritos de los fans. ¡Me encanta!

Nuestro salto al escenario vuelve a ir acompañado de aplausos ensordecedores y creo ver una pancarta con el mensaje MANU I LOVE YOU. ¿En serio mis amigos se han vuelto unos ídolos? Realizamos el baile de las tres primeras canciones y Jack pide un aplauso para nosotros. ¡Qué majo es! Cuando ya hemos salido de escena para cambiarnos de ropa, la voz de Jack vuelve a oírse por el micrófono.

—*I have a surprise.*

¿Una sorpresa? La sorpresa me la llevo yo cuando oigo lo que dice a continuación: Jack le explica al público que quiere tocar una canción que acaba de componer y que espera que les guste. Cuando dice el título en un tono de voz solemne se me eriza la piel: *«This is your song»* o, lo que viene siendo lo mismo, «Esta es tu canción».

Las luces se atenúan y Jack se sienta en un taburete con su guitarra en la mano. Comienza a tocar las primeras notas de lo que se prevé será una balada y un foco le ilumina tan solo a él. De repente el ambiente es tan íntimo que parece que esté él solo en este recinto en vez de rodeado de miles de personas. La voz de Jack comienza a sonar y se me hace un nudo en el estómago cuando oigo la letra de la canción... *Y ahí estabas tú, con esa sonrisa que aún en la distancia me hace enloquecer. / Con esa alegría que se contagia y esa locura que te hace especial. / No hay kilómetros que puedan hacerme olvidar lo que sentí cuando te vi. / Y si no duermo es porque solo pienso en ti... / Y en esas noches mirando el reloj mientras tú haces tu vida, te escribo esta canción. / Tu canción.*

Jack vuelve la cabeza y sus ojos se clavan en los míos. Nadie me lo ha dicho pero lo sé, lo siento: esta canción es para mí. La mano de Manu me coge del brazo en dirección al vestuario, pero más que caminar, me dejo llevar. Me acaban de dedicar una canción, una canción de amor, y es la más bonita que he oído jamás, no solo por la letra, sino por la voz de quien la canta: **la voz de Jack**.

CAPÍTULO 7 ♥ Ámsterdam en bicicleta

Jueves, 8 de julio.
6.00 horas

—¿Alguien me puede contar por qué hay que madrugar tanto?

—Manu quejándose, ¡qué raro!

No puedo evitar reírme al oír los piques entre Manu y María. ¡Menudo par! Pero debo reconocer que tiene razón. ¿En serio es necesario que nos citen a las siete de la mañana? Además, hoy no hay concierto. ¿Por qué tanta prisa? En fin, no me voy a quejar porque en unas horitas estaremos en Ámsterdam. ¡Ya dormiremos cuando volvamos a España!

—Vamos, chicos, es hora de irnos —nos anuncia Jena con su energía habitual.

Por cierto, ¿dónde están The Rocks? No me digas que Robbie se ha vuelto a dormir... Nos dirigimos al aeropuerto en una furgoneta donde viajamos junto a los asistentes de producción. Estamos todos tan cansados que nadie habla, y yo me relajo escuchando música con la cabeza apoyada en la ventanilla. Y, de hecho, es lo que pienso hacer durante todo el vuelo.

¡Buenos días, Ámsterdam! El viaje ha sido suuupertranquilo y, como intuía, me lo he pasado durmiendo. Bueno, más bien soñando... El subconsciente me ha llevado de nuevo al escenario de Berlín y al momento en que Jack cantó «This is your song». Solo la he escuchado una vez, pero no me la puedo quitar de la cabeza. ¡Es tan bonita...! Ojalá vuelva a cantarla en el concierto de mañana... The Rocks han viajado con nosotros aunque iban en primera clase, así que tan solo he podido saludar a los chicos justo antes de embarcar. Los traslados los hacemos en furgonetas diferentes, por lo que aún no he tenido oportunidad de hablar con Jack ni de felicitarlo (y preguntarle) por su nuevo tema.

—¡Mirad, chicos, son como en las películas!

La voz extasiada de Andrés me saca de mi mundo particular. Está literalmente alucinando con los molinos de viento que vemos en el trayecto del aeropuerto a la ciudad. Todo son extensiones de campo de un verde tan vivo que parece que lo que tenemos ante los ojos sea un cuadro de Van Gogh.

—A mí me recuerdan a los de *El Quijote* —comenta Eva.

—¡Necesito una foto ahí, por favor! —ruega María.

Llegamos al Marriott Hotel y, hay que decirlo, el exterior es bastante feo. Por suerte, las habitaciones no tienen nada que ver. ¡Y tengo dos camas enormes! Dejamos las maletas en los cuartos y nos reunimos en la recepción a las doce del mediodía.

—¿Preparados para patear la ciudad?

Alucino con la energía de María.

—Se me ha ocurrido una cosa... —anuncia Andrés—. ¿Qué os parece si **alquilamos unas bicis** y vamos por algunos caminos de las afueras? Hace muy buen día y podríamos aprovechar para hacer una excursión. Los monumentos podemos verlos luego, o incluso mañana...

—¡Amigo, hoy cuentas con mi apoyo! —suelta Manu dándole una palmada en la espalda al pobre Andrés que casi lo tumba.

—¿Crees que podríamos encontrar molinos como los que vimos antes? —A María le brillan los ojos solo de imaginarlo.

—Precisamente he estado mirando en Google —contesta Andrés— y he encontrado unas rutas que no quedan muy lejos donde también hay molinos.

—¡Pues cuentas con mi voto también!

—¿Os molaría grabar el vídeo de Musical.ly allí? —propongo.

Todos responden que sí con emoción, así que el plan queda cerrado. Salimos del hotel y cruzamos el parquecito que hay delante para subirnos a un tranvía que nos llevará a la estación, lugar desde donde saldremos rumbo a nuestro destino. Menos mal que a Eva se le ocurre que compremos unos bocadillos para comer por el campo. ¡Seguro que será un día inolvidable!

El primer incidente llega a la hora de montar en bicicleta. Parece que Manu tiene problemas...

—¡Maldita bici! Me la han dado escacharrada —se queja.

—No será que tu sentido del equilibrio es un poco... ¿pobre?

—María, ¿alguna vez te han dicho que hablas mucho?

—Más que tú seguro que no —replica y estalla en una carcajada.

Girl
power

Cuando Manu consigue pillarle el tranquillo a su bicicleta tomamos el carril bici en fila, siguiendo a Andrés, que se ha colocado a la cabeza porque es quien controla la ruta que vamos a seguir. En veinte minutos estamos fuera de la ciudad, y las extensiones de campo comienzan a abrirse paso ante nuestros ojos. ¡Qué sitio tan bonito! Además, hay miles de flores que van creando mantos de colores y hacen que *todo lo que vemos parezca una postal*. Pedaleamos a ritmo pausado, disfrutando del paisaje y deteniéndonos alguna vez para echar una foto.

—Y aquí estamos jugándonos la vida en este caminito. ¿Os imagináis que nos caemos entre los matorrales? —planteo ante la cámara del móvil en un Insta Stories en pleno movimiento.

Cuando ya son las dos de la tarde pasadas nos detenemos en una bonita explanada donde hay unas mesas con asientos de madera ideales para comer.

—¡Qué hambre! —se queja Andrés.

—Pues yo ya empiezo a tener agujetas en las piernas —se lamenta Eva.

—Tía, eres más exagerada... —le digo a la vez que le doy un bocado a mi sándwich y me echo a reír por los pucheros que hace mi amiga.

—Según mis cálculos, tenemos unos molinos en aquella dirección —anuncia Andrés y extiende el brazo—, justo detrás de aquel bosque. El móvil dice que andando llegaríamos en cuarenta y cinco minutos. Podríamos dejar las bicis aquí y dar un paseo a pie, ¿no?

—¿Y tú estás seguro de que «*tus cálculos*» son fiables? —pregunta Manu con sorna.

—Si lo dice Google, tiene que ser verdad —sentencia Andrés.

Terminamos de comer y nos tumbamos en el césped durante un rato disfrutando del calor del sol sobre nuestra piel. Si cierro los ojos me teletransporto a cualquier lugar paradisíaco del Caribe. Aunque pensándolo mejor... ¿qué necesidad tengo de hacer eso? ¡Este sitio es chulísimo!

—A ver, lagartijas, ¿os parece bien que empecemos la excursión a pie o aún necesitan más rato al sol las señoritas?

Eva, María y yo resoplamos al oír la voz de Manu, tan oportuno como siempre. No obstante, tiene razón. Deberíamos ponernos en marcha porque, como mínimo, necesitaremos tres horas: una de ida, otra de vuelta y una más para ensayar una coreografía y grabarnos delante de los molinos. Suerte que hoy no hay concierto, si no, parecería que bailasen unos zombis sin pilas.

—¡En marcha! —grita Andrés, quien parece estar disfrutando de su papel de líder en lo que a las rutas se refiere.

Nos metemos por un bosque que, si estuviese un poco más oscuro, daría miedito del bueno. Los árboles son tan altos y frondosos que tapan por completo la luz del sol, y tan solo unos pequeños rayos consiguen penetrar y llegar hasta el suelo cada ciertos metros. ¡Yo no vengo aquí de noche ni loca! Caminamos durante un buen rato siguiendo las indicaciones de Andrés, quien, por miedo a quedarse sin megas, ha hecho pantallazos de toda la ruta. Cuando por fin empezamos a ver que los árboles se van dispersando y una llanura verde se vislumbra entre los troncos, respiramos tranquilos. ¡Hemos salido del bosque!

—¡Uala! —exclama María, quien se ha adelantado a los demás al ver dónde desembocaba el camino—. ¡Esto es impresionante, chicos!

Cuando todos llegamos al final del camino nos quedamos callados observando lo que tenemos delante. **Unos gigantescos molinos de madera** pintados de distintos colores se alzan como gigantes ante nuestros ojos. Es una de las cosas más bonitas que he visto en mi vida.

—Bueno... pues... ¿a quién le toca elegir canción hoy? —pregunto dando brincos en dirección a los molinos.

—¿Puedo yo? —dice Eva.

—¿Qué te gustaría bailar?

—Había pensado en algo de Cardi B.

—¿Cardi B? —repite Manu sorprendido—. No sabía que te iba el rollo rapero...

—Ya, seguro que pensabas que me paso el día con baladas de Pablo Alborán, ¿no?

—Bueno... no es eso, pero...

—¡Pues te has equivocado del todo! —le suelta Eva en tono rebelde.

Elegimos uno de los temas de su disco *Invasion of Privacy* y nos ponemos a crear la coreografía entre los cinco. La elección de la canción es todo un reto, porque no suelo bailar este tipo de música, pero me mola tener que echar mano de la creatividad en grupo. Y la verdad es que el resultado final es muy muy guay.

Grabamos el vídeo delante de los molinos mientras sus aspas no dejan de girar. Creo que es uno de los vídeos más top que he hecho

hasta ahora. ¡Menudo escenario! Y nos ha resultado tan fácil que en menos de una hora ya lo tenemos. ¡Olé nosotros!

—Chicos, deberíamos ir regresando... son las seis y cuarto.

—¿En serio? —le dice Eva a Andrés.

—Sip. ¡El tiempo vuela!

Volvemos por el sitio donde vinimos. Esta vez tardamos un poquito menos porque ya no tenemos que detenernos a comprobar si la ruta es la correcta o nos estamos desviando. Nuestras bicicletas siguen ahí, fijas a los bancos donde las hemos dejado atadas con los candados. Ahora toca pedalear un ratito más. ¡Para que luego digan que no hago ejercicio!

Llegamos a Ámsterdam casi a las nueve de la noche y estamos agotadísimos, además de sudados y pegajosos. Cuando vamos a cruzar el parquecito que hay delante del hotel nos damos cuenta de que hay un montón de personas arremolinadas en la puerta.

—¿Y toda esa gente? —pregunta María.

La sorpresa nos la llevamos cuando nos acercamos y, de repente, alguien tira del brazo de Manu. Los gritos empiezan a ser ensordecedores y cuando me fijo bien, me doy cuenta de que aquellas personas son fans de The Rocks. ¡Qué fuerte! Aunque lo realmente fuerte es que no solo nos han reconocido, sino que están pidiéndonos fotos y autógrafos.

—*Selfie, please!* —le pide una niña de unos doce años a Andrés, quien no puede borrar la expresión de flipe de su rostro.

—*Girls, let's take a picture!*

—*Laura, where is Jack?*

Tanto griterío me abruma y más aún cuando empiezo a oír comentarios referentes a Jack. La verdad es que **me siento un poco extraña**, así que dedico una sonrisa a todas las personas que me miran, pero sigo mi camino hacia la entrada del hotel y dejo que mis amigos disfruten de su momento de gloria. Yo me siento mejor aquí dentro.

—¿Todo bien, Laura?

La voz de Jena me pilla por sorpresa.

—¡Jena! Sí, sí... Es que me he agobiado un poco ahí fuera, pero estoy bien. ¿Y tú?

—Oh, yo también, hoy he descansado mucho. ¿Habéis visitado Ámsterdam?

—Sí, más bien las afueras, y nos ha encantado. Pero estoy tan cansada que solo pienso en la ducha y en la cama.

—Mmm... pues creo que ese plan va a tener que esperar.

La miro con cara extrañada y me doy la vuelta al darme cuenta de que está mirando por encima de mi hombro. Entonces lo veo: Jack está detrás de mí con una sonrisa impecable y esos ojos que hablan por sí solos. **¡Por fin lo veo!**

—¡Jack! —digo sin pensar—. ¡Hola!

—Hey, Laura. Te estaba buscando. ¿Dónde estabas tú?

—De paseo con los chicos. —Y señalo al exterior, donde los fans siguen pidiéndoles fotos, sobre todo a Manu y Andrés, más cotizados que las chicas.

—*Oh, great!* Espero que tú no estás muy cansada...

—¿Cansada? —interviene Jena—. ¡No! Laura es joven y con mucha energía, ¿verdad? —dice guiñándome un ojo mientras echa a andar por el pasillo.

—*Perfect!* Quiero invitar a cenar en restaurante, ¿sí?

—¿Cenar? Pues claro... Los chicos y yo solo hemos comido un sándwich, seguro que tienen ganas de ir a un sitio chulo y comer algo bueno.

—*Oh, sorry.* Quiero invitar a tú sola, no amigos. Tú y yo. ¿Es OK?

Pausa. Necesito un botón de pausa para procesar este momento. **¡Jack me está invitando a cenar!** ¡Y yo con estas pintas! ¿Me dejará media horita para ducharme, no?

—*Well,* no sé, si tú no quieres...

—¡Sí, sí! —le interrumpo—. ¡Quiero! ¿Puedo ir a ducharme?

—¡Ja, ja, ja! *Yes,* claro. ¿Nos vemos en cuarenta y cinco minutos? He reservado un sitio muy especial que espero te gusta.

—¡Perfecto! Pues... te veo en nada.

No sé por qué, pero antes de irme me acerco a Jack y le doy un beso rápido en la mejilla. Es un gesto que me sale de forma espontánea y que noto que lo pilla por sorpresa. ¿Por qué lo he hecho? ¡Habrán sido los nervios! Bueno, Laura, deja los nervios de lado que ahora tienes que ducharte y arreglarte en plan *Fast & Furious.* ¿Habrá algún día en que pueda hacer las cosas con calma? Por el momento, parece que no...

—*Thank you very much.*

Jack le da las gracias a un camarero que nos acompaña hasta nuestra mesa. Mi vestido corto es vaporoso y tengo que sujetármelo al subir las escaleras para que no se me vea nada. Tuve dudas entre vaqueros y vestido, pero entiendo que se trata de una cena un poco más formal, así que al final opté por el vestido. Y no me arrepiento porque cuando Jack me vio salir del ascensor noté cómo sus ojos brillaban de forma especial, como si estuviesen sonriendo. Un coche nos esperaba en el parking, con lo que evitamos a los fans de la entrada. Además, con los cristales tintados, nadie podría ver que en el interior del vehículo viajaba una de las estrellas más importantes del momento. Bueno, y yo a su lado.

—*Enjoy your night*—nos desea el camarero abriendo una portezuela que nos lleva a una especie de ático donde tan solo hay una mesa.

—¿Te gusta? —pregunta Jack.

—Uau... ¡Me flipa!

—¿Flipa?

—Oh... ¿Cómo se dice «flipar» en inglés? —me pregunto a mí misma en voz alta—. *Anyway*, me encanta, eso.

—*Good*—contesta sonriendo.

Esto es de película total. La mesa tiene un mantel blanco y unas lamparitas color verde esmeralda en medio. Me siento y me doy cuenta de que el ático está adornado con decenas de flores de colores, flores como las que he estado viendo esta tarde en el campo. La portezuela se abre y aparece el camarero de nuevo con un carrito de metal, como los de las películas, con un montón de platos cubiertos con campanas plateadas. Nos lo deja al lado de la mesa y se marcha a toda prisa.

—*Well*... No sé qué gusta a ti más, así que he puesto un menú con pasta, pizza, *salad, veggies*... bueno, ¡todo!

—¡Qué rico! —exclamo cuando empieza a levantar tapas y deja al descubierto el contenido de los platos.

—*Oh, and the best of all*... ¡los postres!

—¿A ver?

Me agacho para destapar los platos del piso inferior del carrito y la boca se me hace agua cuando descubro lo que hay: brownies, pastel de queso, mousse de yogur, tarta de manzana, chuches... ¡Menuda bomba! Empezamos a comer y a hablar con tanta naturalidad que dejo de acordarme de que Jack es Jack de The Rocks. Mi mente ha desconectado ese chip y ahora mismo me encuentro sentada delante de un chico guapísimo y encantador con el que no paro de reírme. ¿Qué estrella del rock se pondría unas minizanahorias como colmillos de Drácula? **¡Es un payaso!** Estamos a punto de terminar los postres y creo que ha llegado el momento de preguntarle lo que me lleva rondando la cabeza todo el día. ¿Está «This is your song» dedicada a mí? Vale, puedo parecer un poco creída si hago esa pregunta, pero me parece que la letra es bastante evidente... Bueno, mejor salgo de dudas preguntando. Vamos, Laura, valor y al toro.

—Oye, Jack, quería preguntarte una cosa...

—¿Mmm? —responde con un trozo de brownie en la boca.

—El otro día, en el concierto... Bueno, cuando tocaste la canción...

¡Crash! Un ruido nos sobresalta y hace que los dos miremos en dirección a la pared de piedra que está a espaldas de Jack.

—¿Qué es eso?

—No idea... —contesta él con cara de intriga.

El ruido vuelve a oírse, así que me levanto y me dirijo a la pared de la que proviene. Pego la oreja para ver si escucho algo, pero ahora solo se oye el silencio. Cuando me doy la vuelta para mirar a Jack y decirle que no oigo nada, mi cara choca contra su pecho y el aroma de su perfume me invade.

—Ups, *sorry!*—me disculpo al levantar la mirada.

Sus ojos. Ahí están, brillantes como siempre, pero esta vez clavados en mí. Me doy cuenta de que me encuentro entre la pared y el cuerpo de Jack y siento cómo el corazón me empieza a latir a un ritmo trepidante. Sin embargo, no puedo apartar mi mirada de la suya. Me sonríe y yo le sonrío. Levanta la mano y aparta un mechón de pelo que me está tapando la nariz, y al sentir el roce de sus dedos en mi cara un escalofrío me recorre el cuerpo. ¿Estoy en una película? Las dudas se me disipan cuando su mano me acaricia la mejilla y siento sus labios posándose sobre los míos. No es una película, no. Esto es la vida real.

CAPÍTULO 8 ♥ Locura en el concierto

Viernes, 9 de julio.
10.15 horas

—Buenos días, chicos.

—Uuuh, alguien se acostó tarde anoche...

El comentario de María hace que todos se queden en silencio y me miren con ojos acusatorios. Creo que me he puesto roja. Sí, soy la última en llegar a la sala de ensayo donde hemos quedado con Jena para repasar algunos de los movimientos de baile, pero eso no significa que haya estado de fiesta loca hasta las mil.

—¡Hola a todos!

Salvada por Jena. Entra en la sala llena de energía, como si se hubiese comido veinte barritas proteicas. Yo de mayor quiero ser como ella.

—OK, chicos, móviles fuera. Quiero toda la concentración en el baile. ¿Hay alguna duda de alguna coreografía?

En realidad no hay dudas, pero lo cierto es que nos falta pulir algunos pasos para clavar los tempos. En eso invertimos un par de horas hasta que Jena nos libera para que descansemos antes del concierto de esta noche.

—Laura, no enciendas el móvil.

—¿Por qué? —contesto a Eva con cara extrañada.

Mi amiga busca la mirada de María, quien también sujeta su móvil en la mano y está hipnotizada mirando algo en la pantalla. Me acerco a ella sin dudarlo y cuando mis ojos ven la imagen de Twitter que tiene abierta, aparta el aparato.

—¿Qué era eso? —pregunto aun sabiendo la respuesta.

¿Es lo que me ha parecido que es? Las flores, la oscuridad de la noche, la luz verdosa de las lámparas, el brillo metalizado del carrito de fondo...

No puede ser.

—María, enséñamelo.

—Laura, en serio, no hagas caso...

—Te estoy pidiendo por favor que me enseñes esa foto —repito en tono serio.

Mi amiga duda.

—¿En serio no hay nada más importante de lo que preocuparse? No sé, guerras civiles, el hambre en el mundo, armas nucleares... ¿De verdad mi beso con Jack tiene que estar en todas las redes sociales?

—Tu ¿qué? —pregunta Manu con voz de sorpresa.

—Algún paparazzi hizo una foto de Laura y Jack besándose en la cena de anoche —les explica María.

—María, por favor, enséñamela —digo casi temblando.

María accede y gira la pantalla del móvil para mostrarme un robado de mi beso con Jack. Se me corta la respiración al verla. Es una foto preciosa... y se nos reconoce perfectamente.

—¿No visteis al fotógrafo? —pregunta Eva.

—Ahora que lo dices... A ver, oímos un ruido y de hecho estábamos ahí de pie porque nos acercamos a ver qué era...

—Pues mucha atención no pondríais si no os enterasteis de que era alguien con una cámara de fotos —observa Manu.

Me quedo en silencio mirando a mi amigo. Qué borde, ¿no?

—Bueno... tampoco es tan grave —se apresura a decir—. Solo fue un beso... ¿no?

—¡Pues claro! —respondo indignada—. Pero entre Jalau y esto, voy a tener que salir a la calle con una peluca y bigote postizo.

Todos nos echamos a reír por la tontería que acabo de decir. Menos mal que les tengo a ellos en situaciones como esta. ¡Vaya follón! En realidad yo no he hecho nada malo, **tan solo besar a Jack**. Un beso que me ha dejado un recuerdo maravilloso y que no pienso permitir que nadie me chafe.

—¿Nos duchamos y vamos a dar una vuelta?

La propuesta de Andrés nos gusta a todos, así que quedamos en la entrada al cabo de una hora. Acordamos hacer un plan de tranquis, ya que después del ejercicio de ayer necesitamos recuperar energías para el concierto de hoy. Paseamos por el centro de la ciudad atravesando canales y viendo bicicletas por todos los lados hasta que llegamos a la conocida plaza Dam.

—¿Os apetece que nos sentemos un rato en alguno de estos bares? —sugiere Manu.

Buscamos con la mirada y encontramos diversos locales, así que optamos por el que nos queda más cerca. Es un pub estilo irlandés, aunque creo que las banderas y bufandas que están colgadas son de algún equipo holandés porque no entiendo ni papa de lo que tienen escrito, así que en inglés seguro que no está. Pedimos unos refrescos y unas hamburguesas con patatas.

—¡Aquí todo es tamaño gigante! —exclama María cuando le traen su plato.

—Ya ves, yo con esto tengo para dos días... —comenta Andrés.

—Pues el que no quiera algo que me lo de a mí, que estoy hambriento —dice Manu mientras da un bocado a su hamburguesa.

Los tengo a los tres de frente y a Eva al lado. Están para hacerles una foto con la cara de flipe que se les ha quedado con la comida, pero cuando veo que los tres cambian la expresión de su cara de golpe, sé que algo pasa. Me doy la vuelta porque es evidente que están mirando algo que hay detrás de mí. **La televisión.** The Rocks están en la pantalla ofreciendo una entrevista con motivo del concierto de esta noche. El televisor está en silencio, pero tiene la opción de subtítulos activada, con lo que puedo leer lo que están diciendo. Hablan de cómo está yendo la gira, de los premios a los que están nominados, del espectáculo que hay montado en sus conciertos y... ¡oh, no!

—Laura, mejor que te des la vuelta ya.

—¿Estás de broma, María? Si van a hablar de mí, quiero enterarme de lo que dicen.

Acaban de preguntarle por la misteriosa chica con la que lo han visto dándose un beso la noche anterior y que, casualmente, forma parte de su cuerpo de baile. Jack ofrece una sonrisa maravillosa y contesta con unas frases absurdas para desviar la atención, pero los periodistas insisten.

«No, en serio, no voy a hablar de lo que hago cuando me bajo del escenario y menos si eso involucra a otra persona.»

El periodista no se da por vencido.

«Claro, Jack, pero todos tus fans están intrigados... ¿Es verdad que tu nueva canción es sobre ella?»

Jack se queda en silencio y la sonrisa se borra de su cara. Parece que no esperaba que le preguntaran sobre el tema, sobre «This is your song».

«Creo recordar que la canción se llama "This is your song". Dinos, Jack, ¿la has escrito pensando en ella?»

Aguanto la respiración y leo la respuesta de Jack en la pantalla.

«Sí, bueno, verás... Es una canción que no es para nadie pero es para todo el mundo. Todo el mundo que te hace sentir especial. Espero que os guste tanto como a mí.»

Los periodistas comprenden que Jack no va a soltar prenda y cambian de tema. Yo me doy la vuelta y sigo comiendo aliviada por esa respuesta que no echará más leña al fuego. Sin embargo, en mi interior, sé que esa canción sí tiene que ver conmigo. Tengo que preguntárselo en cuanto pueda.

♥

La entrada al recinto es una locura.

Cientos de personas están agolpadas en las puertas traseras del estadio esperando no solo ver a The Rocks, sino también a nosotros. Me doy cuenta en el momento en que bajamos de la furgoneta y los gritos suben de volumen. Los cinco nos repartimos entre las vallas tras las que están los fans y vamos saludando y haciéndonos fotos. Pero lo que más me flipa del momento es ver a un grupo de seis chicas peinadas como yo. ¡Qué fuerte! Todas se han hecho los dos moños altos, uno a cada lado de la cabeza, y se han dejado los dos mechones de pelo sobre la cara que tan a menudo suelo llevar. Están eufóricas y cuando me acerco a ellas todas quieren tocarme y abrazarme. ¡Qué monas!

I ♥ LAURA
LAU

—*We love you, Laura!* —exclama una que lleva un cartel con mi nombre escrito y un montón de corazones.

—*Is «This is your song» about you?* —suelta otra en un tono de inocencia que deja claro que no tiene ninguna mala intención con su pregunta.

Yo sonrío y me hago la loca para no responder, dándoles tan solo las gracias por las muestras de afecto. Pero, de repente, una voz seca que proviene de detrás de ellas dice algo que me deja parada.

—*She thinks she is a superstar because she is Jack's girlfriend, but she's just another one on his list!*

¿Cómo? ¿Que solo soy una más de la lista? Pero ¿cómo hay gente con tan mala leche?

Por primera vez desde que ha empezado todo el follón en redes no me siento triste, ni avergonzada ni pensando «¡Tierra trágame!». Por primera vez la sensación que me invade es de **enfado** y siento cómo la sangre me sube a la cabeza y mi temperatura corporal comienza a aumentar.

—*Thank you girls, you're so sweet!* —les digo a las chicas y me doy la vuelta para entrar en el recinto. Se acabaron los autógrafos, los selfis y las sonrisas por hoy.

Camino a toda velocidad hacia el camerino sin darme cuenta de que he dejado atrás a los chicos. Abro la puerta y lanzo mi bolsa al suelo en un ataque de rabia que no es propio de mí. Vamos, Laura, respira. Uno, dos, tres.

Los chicos llegan unos segundos después sin percatarse de cómo me he puesto. María está contando algo sobre un fan que le ha regalado una pulsera y Andrés, cómo ha interaccionado con un grupo de seguidoras japonesas.

—Chicos, podéis ir pasando por maquillaje, que hoy vamos un poco estresados —comenta el ayudante de producción asomando la cabeza por la puerta.

—Id tirando vosotros, que yo tengo que hacer una cosa. Ahora os alcanzo. —Miento a mis amigos con la única intención de quedarme sola unos minutos para que se me pase el mal rollo que se me ha metido en el cuerpo.

Se van y me quedo sola en el camerino. Cierro la puerta, me siento en el sofá que tenemos habilitado para descansar, cierro los ojos y respiro profundamente. ¿Qué es lo que me ha sentado tan mal? ¿El comentario en sí, la mala leche de quien lo ha dicho o pensar que, por mucho que me duela, **podría tener razón**?

Llaman a la puerta y alguien entra en el camerino. Es Manu.

—Hey, vengo a buscar el cargador, que mi móvil está a punto de morir...

—Ah, guay.

—Oye, Laura... ¿Estás bien?

—Sí... ¿por qué no iba a estarlo?

Manu se acerca y se sienta en el reposabrazos del sofá.

—Bueno... Digamos que te conozco desde hace muchos años y que sé cuándo me estás mintiendo, como ahora.

—Pillada —resoplo.

—¿Qué ha pasado ahí fuera?

—Nada... Bueno, nada y todo. ¿Por qué la gente no se mete en sus cosas?

12/14

—Es por Jalau, ¿no?

Asiento con la cabeza. He pasado del enfado a la tristeza, y creo que mi rostro lo refleja.

—Mira, Laura, no sé lo que hay entre Jack y tú, pero si a mí me tiene alucinado que me pidan autógrafos, no sé cómo debe ser que, además de eso, haya gente desconocida que te pregunte o que hable de tu vida privada.

—No mola nada...

—Imagino. Pero creo que no lo vas a poder controlar, así que no te queda otra que aprender a vivir con ello.

—Ya, pero no es justo, y menos cuando te dicen cosas con mala intención.

—Lo sé, pero piensa una cosa: tienes una vida genial, un montón de gente que te quiere, estás de gira con tu grupo favorito, tienes a tus fans, amigos, familia, eres preciosa...

Me quedo mirando a Manu con cara de alucine. Nunca habíamos hablado así, de una forma tan seria y sincera. No conocía a este Manu y estoy sorprendida. Gratamente sorprendida.

—Me refiero a que... —carraspea— ¿a quién no le gustaría estar en tu lugar? Es normal que despiertes envidias..., pero no puedes dejar que esas cosas te afecten o te cambien. Tú eres genial, y al que le moleste... pues que se aguante. Lo que no quiero es que el mal rollo de los demás te haga sentir mal, te ponga triste o te enfade, porque no tienes motivos para eso. ¿Me entiendes?

—Sí, te entiendo. Tienes razón, Manu. Me he enfadado mucho con un comentario que me han hecho fuera, pero es peor si dejo que ese enfado me domine.

—Exacto. Así que deja de fruncir el ceño y de poner morritos, y vamos a maquillaje, que nos están esperando.

Nos levantamos del sofá y nos damos un abrazo. Cómo mola este Manu. Lástima que lo saque poco a relucir.

—Oye, ¿no habías venido a por el cargador? —pregunto cuando cerramos la puerta.

—Ah, el cargador... Acabo de acordarme de que lo tengo en la mochila que he dejado en maquillaje —contesta y me guiña un ojo.

—Ya... —le digo dándole una palmada en la espalda al darme cuenta de que era una excusa para venir a hablar conmigo.

El concierto de Ámsterdam es, igual que los anteriores, una pasada. El público está superentregado y The Rocks se salen con la actuación de esta noche. Jack no ha tocado «This is your song», algo que me deja un poco chof porque, en realidad, me moría de ganas de volverla a escuchar. Pero supongo que al ver el pollo que se ha montado en los medios, ha preferido no darle más bombo para que dejen el tema tranquilo. O eso, o se ha arrepentido de haber escrito el tema. Tendré que averiguarlo, aunque no será esta noche porque, tras el espectáculo, The Rocks tiene un meet and greet con unos fans que han ganado un concurso de no sé qué radio, así que no veré a Jack de regreso al hotel.

Cuando llego a mi cuarto solo pienso en meterme en la ducha. Mañana partimos a Venecia, un sitio donde estuve hace un tiempo y que me flipa. ¡Qué ganas de volver! Cuando estoy a punto de ponerme bajo el agua, mi móvil suena.

J Hola, Laura. ☺ ¿Estás despierta?

Sí, iba a la ducha ahora mismo. L

J Oh, sorry! Yo termino ahora el meet and greet.
Estoy muy cansado.

Imagino... L

J Antes de que vayas a dormir quiero saber una cosa.

¿Qué cosa? L

J ¿Quieres pasar mañana el día juntos en Venecia?

¡Claro! ¿Has estado alguna vez? L

J Nope, never...

Tranquilo, que yo te la enseño. ¡Es superbonita! L

J Y contigo seguro que más.

L

J OK, te dejo duchar, mañana nos vemos.
Good night.

Good night. L

¡Un día en Venecia con Jack! Esto sí que es una buena forma de terminar el día.

CAPÍTULO 9 ♥ Cierra los ojos

Sábado, 10 de julio.
12.00 horas

No puedo creer que esté en Venecia otra vez. Esta ciudad es muy mágica. Me muero de ganas de recorrer sus callecitas de nuevo... **¡y en esta ocasión con él!** Si esto es un sueño, que no me despierten por favor.

—¿Soy la única que está en el tercer piso? —se queja María, a quien le han dado la habitación en una planta apartada del resto.

—¡Pringada! —le suelta Manu.

—Jooo, no quiero... Laura, deberías ser tú la que durmiera apartada... Ya que hoy nos abandonas... —me comenta con retintín y sacándome la lengua.

—¡Oye! ¿Cómo que os abandono?

—No, si yo lo entiendo, ¿eh?... Yo también os cambiaría por pasar un día romántico en Venecia con el amor de mi vida.

—¿Romántico? ¿El amor de mi vida? —repito con incredulidad—. ¡Deja de decir tonterías!

—Sí, sí, tonterías..., pero el caso es que te vas con él y nos dejas.

Así que creo que lo justo es que duermas tú en el piso tres. ¿No os parece, chicos?

Eva, Manu y Andrés se miran entre ellos sin saber qué decir. ¡Ya está María liándola! Al final accedo a cambiarle la habitación porque si voy a estar todo el día fuera, la verdad es que no me importa.

Subimos al ascensor que nos lleva hasta el segundo piso y allí se bajan todos. Yo continúo hasta la siguiente planta y busco mi habitación. En el momento de abrir la ventana y ver que tengo vistas a un canal, agradezco haber accedido al cambio de cuarto. **Bip. Bip.** Mi móvil ataca de nuevo.

J ¡Hola!

L

J ¿Estás en el hotel? Yo estoy haciendo check in.

Sí, estoy en mi habitación ya. L

J OK, ¿nos vemos en 30 minutos?

OK, escríbeme cuando estés listo. L

J

Me tumbo en la cama a esperar y enciendo la tele. Me hace mucha gracia escuchar hablar italiano. Se parece mucho al español, sí, pero cuando se ponen a hablar rápido no pillo nada. Tal vez debería apuntarme a clases cuando llegue a España: me encantaría hablarlo. Están dando *X Factor Italia* y me sorprendo al ver que tienen como ayudante de los coach a Álvaro Soler. ¡Qué fuerte!

Aunque ahora que lo pienso, creo recordar que escuché en una entrevista que es superfamoso aquí. **Bip. Bip.**

J ¿Cuál es tu habitación?

¿Cómo? L

J Tu número de room. He tenido una idea buena para nuestro paseo en Venecia.

Estoy en la 315. L

J OK, 10 minutos y voy.

En cuanto recibo este último mensaje, Jack se desconecta del Whats. ¿Qué se le habrá ocurrido? **¡Qué intriga!** Me levanto y voy corriendo al baño para ver qué tal estoy. No tengo mala cara, pero un eyeliner y un poco de rímel me van a ir genial. No quiero ir pintada como una puerta. No es mi estilo y paso de sentirme disfrazada y estar incómoda todo el día. Cuando veo el resultado ante el espejo me quedo contenta. Natural y mona, como tiene que ser. **Bip. Bip.**

J ¿Estás lista?

Sí. L

Toc, toc. En cuanto mando el mensaje suenan unos nudillos en la puerta de mi habitación. Cuando abro y lo veo con esa sonrisa de oreja a oreja, mis labios no pueden reprimir, a su vez, esbozar otra. ¡Qué ganas tenía de verlo! Nos damos un abrazo y entramos en mi cuarto.

—¿Qué idea has tenido? Estoy intrigada...

—Es una idea perfecta para nuestro día en Venecia, para estar con tranquilidad. ¡Tachááán!

Al ver que Jack saca de su espalda una bolsa que traía escondida me quedo mirándolo con cara de póquer. ¿Qué hay ahí dentro?

—OK, he pensado que para evitar fotos y fans *everywhere*, podemos poner cosas en la cara y en la cabeza para no ser nosotros. ¿Entiendes?

—**¿Quieres que nos disfracemos?** —pregunto alzando el tono de voz.

—*Yes*, como en Carnaval —responde él con cara de pícaro.

Me pongo a reír por cómo ha dicho «carnaval». ¡Me encanta su acento americano! Pero, sin duda, lo que me hace reír sin parar es ver las cosas que lleva dentro de la bolsa: unas gorras floreadas, gafas de sol enormes y una peluca morena que, intuyo, será para él. **¡Está loco!**

—¿No crees que estas gorras llaman mucho la atención? —le digo entre risas.

—Son como gorras de turistas, ¿no? Nadie pensará que somos tú y yo.

Algo de razón sí tiene. Nos colocamos las gorras y las gafas de sol. Yo me hago una trenza para que mi melena pase algo más desapercibida y Jack se prueba la peluca. ¡Le queda horrorosa! Menos mal que logro convencerlo para que no se la ponga.

—OK, pero tenemos un problema —señalo—. La gorra y las gafas están muy bien, pero si llevas tu chupa de cuero tan característica se va a notar que eres tú. ¿Por qué no te pones una de mis sudaderas para tener otro look?

—Oh, buena idea, Laura.

Al final no sé si llamamos más la atención así que saliendo a la calle como vamos normalmente. Jack lleva una sudadera roja con capucha y yo, una amarilla. Entre eso, las gorras floreadas y las gafas de mosca, parecemos un cuadro. **¡Vaya pintas!** Eso sí, antes de abandonar el cuarto nos hacemos un selfi ante el espejo para tener un recuerdo de este look improvisado y tan surrealista.

—OK, tú eres la guía. ¿Dónde vamos primero?

—Pues había pensado que podemos ir a una de las islas que hay cerca, Burano. ¿Has oído el nombre antes?

—Mmm, creo que no.

—¡Pues te va a encantar! Es una isla muy pequeña y tranquila donde las casas son de colores. También hay canales y muchas tiendas. ¡Y desde allí se pueden hacer unas fotos espectaculares que no necesitan ni filtros! Eso sí, tenemos que subir a un vaporetto para llegar, son unos cuarenta y cinco minutos de trayecto.

—¿Vaporetto?

—¿No sabes qué es? Son los autobuses de Venecia... ¡Barcos!

—¡Oh! Me encanta. *Let's go!*

Salimos del hotel con tranquilidad, puesto que no hay nadie en la puerta y empezamos a andar por las callejuelas mágicas de Venecia. Está lleno de turistas, la verdad, y eso nos ayuda a pasar desapercibidos. ¡Parecemos unos guiris más!

—*Wow!*—exclama Jack cuando pone el pie en la plaza de San Marcos.

Me quedo callada mirando su cara. Se ha detenido y observa con los ojos como platos todo lo que tiene ante sí: la torre veneciana, los soportales, las mesas y sillas abarrotadas de las cafeterías que hay en la plaza, las palomas y gaviotas que sobrevuelan la zona y, cómo no, la imponente basílica de San Marcos.

—Creo que es uno de los edificios más bonitos que he visto en mi vida —le comento viendo que su mirada se ha quedado clavada en la iglesia.

—Seguro. Mucho arte en ese edificio.

—Pues de cerca es aún más bonita, vamos —le digo agarrándolo del brazo y tirando de él en dirección a la basílica.

Rodeamos el edificio y Jack saca unas cuantas fotos con su móvil. Está extasiado. También nos hacemos *un selfi* muy divertido sacando la lengua. Nadie nos ha reconocido y estamos superrelajados disfrutando del día y de las vistas. Después de una hora en la basílica, casi tengo que llevármelo a rastras hasta la parada del vaporetto. Conseguimos asientos en la zona descubierta, algo que es prácticamente imposible, y desde allí vemos todo lo que se abre paso en la inmensidad del agua. Menos mal que llevo trenza y gorra, porque el viento es bastante intenso cuando salimos a mar abierto e incluso me entra un poco de frío. Jack se da cuenta al verme frotar las manos y hace algo que no esperaba: me pasa el brazo por los hombros y me aprieta contra su pecho. ¡Si me pinchan ahora mismo no me sale sangre!

Llegamos a Burano y nos recibe un sol brillante.

hi!

—Lo bonito está dentro, ya verás —le anuncio cuando nos bajamos del vaporetto.

Nos metemos por una calle que lleva hasta el corazón de la isla y Jack no puede evitar pararse en cada una de las tiendas, alucinado por la artesanía y los cuadros que venden. ¡Parece que no haya ido de viaje nunca! Cuando llegamos al final de la calle que desemboca en el canal principal, se queda boquiabierto.

—Laura, *it's beautiful.*

—Sí, ¿verdad? Sabía que te gustaría...

—¿Gustar? ¡Me encanta!

Jack se acerca y me da un beso en la mejilla. Me hace cosquillas con el roce de su barba. Nos perdemos por otras callejuelas que llevan a pequeños patios donde la gente tiende la colada. Las casas son de todos los colores imaginables: amarillo, fucsia, turquesa, magenta... ¡Este es el pueblo arcoíris! La plaza principal tiene una iglesia cuyo campanario está torcido, algo que a él le hace mucha gracia.

—Esta iglesia me recuerda cuando era pequeño... ¿Sabes que yo cantaba en iglesia?

—¿Tú? ¿En la iglesia? —pregunto sorprendida.

—*Yes!* Góspel, era único niño blanco en todo el grupo. ¡Ja, ja, ja!

—¡Qué pasada! ¡Me encantaría ver una foto de esa época!

—Tengo en casa, en Los Ángeles. La música fue mi salvación, ¿sabes? —Y cambia el tono para ponerse más serio—. Mis padres viajaban mucho por mi país... *Work, you know?* Y yo siempre estaba en colegios diferentes.

—Eso tiene que ser difícil, ¿no?

—*Yes*... Los niños no quieren ser amigos de «el nuevo», y estaba mucho solo. Cantar era lo que me daba alegría. Y en iglesia no importaba si yo era «el nuevo», el coro aceptaba igual.

—Siento que fuese difícil para ti —le digo agarrándolo por la cintura.

—*It's OK.* Ahora soy así gracias a las cosas que han pasado. Todo pasa por algo. **Tú has pasado por algo** —sentencia con un beso en mis labios.

Recorremos Burano sin prisa, dejando que el sol acaricie nuestras caras y disfrutando de cada segundo con la tranquilidad que nuestros «disfraces» nos dan. Al final le voy a pillar el gusto a esto de ir de incógnito.

—¿Tienes hambre?

—La verdad es que sí —admito tocándome la tripa—. ¡Vamos, que te llevo a un sitio!

Agarro a Jack de la mano para que me siga sin darme cuenta, hasta pasados unos segundos, de que estamos caminando cogidos como si fuésemos una pareja. No quiero ponerme nerviosa, así que será mejor que hable de algo hasta que lleguemos al sitio donde lo quiero llevar. ¿Y de qué le hablo?

—Tenías razón, Laura —salta él como si también quisiese sacar un tema de conversación.

—¿Por?

—Burano es precioso. ¿Vivimos aquí?

—¡Ja, ja, ja! ¡Estás loco!

—¿Dónde te gustaría vivir si pudieras elegir un sitio del mundo?

—Uf... qué pregunta tan difícil. ¡Hay tantos sitios que me gustaría visitar! Pero para vivir durante un tiempo... A ver, déjame que piense...

—¿Los Ángeles? —sugiere sacando la lengua.

—No es mala opción... Pero si me lo permites, antes me gustaría pasar por Japón. Me atrae mucho la cultura de ese país, su forma de vida y su manera de pensar. Vale, sí... ¡y soy adicta al sushi!

—¿Sabes que yo soy un gran chef de sushi?

—¿Tú? Pues no tienes pinta...

—**¡Lo prometo!** Me gusta cocinar y sushi me queda *very good*. Un día lo probarás.

A los pocos minutos llegamos a un pequeño bar que hay justo delante de la parada del vaporetto, donde venden comida para llevar que está riquísima. Pedimos unos espaguetis con almejas y una ración de fritura de pescado, un plato muy típico en este sitio. Lo más fuerte de todo, al margen de que la comida está riquísima, es que los platos están hechos de una especie de masa que se come, algo que deja a Jack superflipado. Nos sentamos a comer en un banquito alejados del gentío y mirando hacia el mar. ¡Esto sí que es vida!

En medio de la tranquilidad que nos da el sonido del mar, siento la necesidad de saber un poquito más de Jack:

—¿Cómo es ser famoso?

—No entiendo...

—Me refiero a qué se siente sabiendo que todo el mundo te conoce, que hay tanta gente que te admira... ¿No te pone nervioso?

—Yes, *sometimes*. Prefiero no pensar mucho porque estaría un poco loco...

—¿Más? —replico con un guiño de ojo.

—¡Ja, ja, ja! Sí, más todavía. El amor de la gente es bueno porque siento que hago algo bonito y que ayuda, ¿sabes? Hay muchas personas que su vida no es buena y tal vez una canción o mi música es una ayuda en un momento concreto. Pensar que puedo ser útil para alguien en el mundo me hace sentir paz.

—Eso es muy bonito, Jack... y muy cierto. **Con la música se puede llegar al corazón de cualquiera**, da igual de dónde sea o la edad que tenga.

—*Yes!* Lo malo es la fama cuando te persiguen y no puedes ser normal. Yo envidio ser más como tú y tus amigos. ¡Yo no puedo ir de turismo por una ciudad con tranquilidad!

—Pues ahora lo estás haciendo...

—*Yes*, pero tengo que ir como en Carnaval, disfrazado.

—Sí, entiendo lo que dices... A mí también me agobiaría tanta atención.

—Bueno es el precio que pago por trabajar en lo que más me gusta. Tengo mucha suerte, no voy a quejar, no es justo. Y además... gracias a eso te conozco a ti.

—Encantada de conocerle también, señor Rock Star —le respondo divertida.

El vaporetto que llega una hora después es el que nos lleva de vuelta a Venecia. El tiempo se me está pasando muy rápido, imagino que porque estoy muy a gusto con Jack. Y tengo la intuición de que a él le ocurre igual cuando me vuelvo y lo cazo mirándome fijamente. Al sentirse pillado desvía la mirada intentando disimular y yo finjo que no me he enterado mientras una leve sonrisa se me escapa de entre los labios.

Llegamos a Venecia y cogemos otro vaporetto con el que recorremos el Gran Canal, pasando por debajo del imponente puente de Rialto. El Guetto Judío o barrio de Cannaregio es un sitio que tiene una historia muy triste pero que, a su vez, desprende una energía increíble. A Jack le gusta mucho y se queda muy impactado cuando vemos el mural en recuerdo de los judíos que fueron exterminados durante la Segunda Guerra Mundial. Las horas se nos pasan perdidos entre callejuelas, de manera que cuando queremos darnos cuenta ya ha empezado a oscurecer.

—¿Cansada?

—La verdad es que no... —contesto temiendo que me diga que nos vayamos ya al hotel.

—Creo que hoy hemos caminado mucho.

—Sí, un poco sí —convengo riendo.

—OK, ya no caminos más. Ven aquí —me dice tirando de mi mano y acercándome a él—. Cierra los ojos, *please.*

—¿Cómo?

—¡Cierra los ojos! —me exige sonriendo.

Jack saca un pañuelo de los que usa como bandana, me tapa los ojos con él y lo ata por detrás de mi cabeza. No veo nada, así que me tengo que dejar guiar por él, que me conduce por las calles con pasitos cortos. De repente, me hace bajar un par de peldaños.

—Espero que te guste otro paseo alternativo a vaporetto —me susurra mientras me desata el pañuelo de los ojos—. ¡Sorpresa!

Delante de mí hay una góndola y su conductor, un gondolero uniformado con la reglamentaria camiseta de rayas, me tiende la mano para que me suba a la embarcación. ¡Qué pasada! El sol se está poniendo y el cielo, teñido de colores infinitos, parece que esté pintado sobre nuestras cabezas. Los asientos de la góndola hacen que Jack y yo vayamos pegados el uno al otro. De hecho, ha vuelto a pasar su brazo por mi espalda y así es como recorremos los canales, en silencio el uno al lado del otro. No nos hace falta hablar porque se nota que ambos estamos muy a gusto. Pero lo que yo no imaginaba es que aún me quedaba otra sorpresa por descubrir.

Jack hace una señal al gondolero y la embarcación se detiene a los pocos minutos. Jack se levanta y, manteniendo el equilibrio, da una zancada por detrás de mí, así que por unos segundos lo pierdo de vista. Cuando lo veo aparecer de nuevo ante mí con una guitarra en la mano me quiero morir. Esto no puede ser real...

—Bueno... —comienza a hablar Jack aclarándose la voz—. *Maybe* no podemos pasar otro día así de tranquilo juntos y yo quiero que termine con un buen recuerdo para ti. Primero quiero dar las gracias por aceptar bailar en la gira con The Rocks.

—Jack... —intento interrumpirlo.

—Espera, por favor, no hables todavía. Quiero que tú sepas que es importante para mí que tú estás aquí y que esto... *esto es para ti.*

Jack comienza a deslizar sus dedos por las cuerdas de la guitarra y una melodía comienza a sonar. Me resulta familiar, pero no la asocio a ninguna canción de The Rocks hasta que entona la primera frase y sé perfectamente de qué canción se trata: «This is your song». Jack interpreta la canción con total entrega, cerrando los ojos en algunos momentos y en otros mirando hacia abajo, como si quisiera controlar sus dedos con la mirada. ¿Es posible que esté evitando mirarme? Tan solo levanta la cabeza cuando toca el último acorde y da por finalizada la canción. ¡Ha sido brutal!

—¡Qué bonito, Jack! —exclamo con una sonrisa gigante y aplaudiendo como una loca.

—¿Te gusta?

—Muchísimo. Y la canción es preciosa. Yo quería saber... bueno, es que me pregunto si...

—Sí —responde tajante.

—¿Sí? —le digo con dudas.

—Sí. La canción está escrita para ti. *Esta es tu canción.*

Jack deja la guitarra a un lado y vuelve a sentarse conmigo. Nos fundimos en un abrazo que dura hasta que terminamos nuestro recorrido en góndola, un paseo único que estoy segura de no voy a olvidar jamás en la vida.

CAPÍTULO 10 ♥ Bailando bajo la lluvia

Sábado, 10 de julio.
23.30 horas

Cierro la puerta de mi cuarto y el silencio es lo único que escucho. Me quedo unos segundos apoyada en la pared, con los ojos cerrados y convenciéndome a mí misma de que lo que acaba de pasar es real. Los abro. Sigo en una habitación de hotel. Me asomo a la ventana. El canal sigue ahí. Una góndola atracada me lo confirma. **Todo esto es verdad**, no es un sueño. **Bip. Bip.**

S ¿Estás viva?

¡Guapa! Sí, dame un segundo y ahora te llamo. 🙏 L

Me saco las zapatillas, voy al baño a lavarme la cara y los dientes y me pongo el pijama. Ya tumbada en la cama tomo el móvil de nuevo y busco el nombre de Sara en la agenda. Responde al segundo tono.

— ¡Ya estoy! ¿Qué tal estás? —le pregunto emocionada.

— Bueno, ahí voy...

—¿Te pasa algo?

—Lo de siempre... ayer tuve un día horrible y estoy de bajón.

—¿Qué pasó?

—Lo que me pasa siempre, pero da igual, no quiero agobiarte con mis movidas. ¿Qué tal en Venecia?

—En Venecia genial y maravilloso, pero no te lo pienso contar con detalle hasta que no me digas qué es lo que ha pasado. ¡Y deja de decir que me agobias!

—Es que pensaba que con el fin de las clases esto acabaría, pero me equivocaba...

—¿De qué hablas, Sara? ¿Te han hecho algo?

—Me encontré con algunos de clase en el parque y empezaron a reírse de mí... «Foca marina» es de lo mejorcito que me llamaron.

—¿Qué dices? ¿Estabas sola?

—No, por suerte estaba con unas compañeras de teatro, pero... ¡qué vergüenza he pasado!

—¿Y qué hiciste?

—Primero me quedé en estado de shock. Luego los ignoré y nos fuimos del banco en el que estábamos sentadas para que me dejasen en paz. He estado llorando esta última hora, y encima mi madre se ha enfadado porque dice que no entiende por qué me encierro en mi cuarto...

—Pero ¿no se lo dijiste?

—¿El qué? *¿Que soy la pringada de la clase y que por eso se ríen de mí?*

—No, que hay un grupo de compañeros que te hacen la vida imposible y que estás cansada de tener que aguantar humillaciones.

—¿Y a quién le importa?

—Para empezar, a mí, que soy tu amiga y no quiero que pases por eso. Y a ti, digo yo... Y si tus padres lo supieran, seguro que a ellos también les importaría. Sara, no puedes dejar que sigan con esto...

—¿Y si no me creen? ¿Y si lo cuento y todo sigue igual? Seguro que las cosas se pondrán peor...

—Eso no va a pasar porque tú no has hecho nada malo, Sara. Los que se equivocan son ellos. Por favor, prométeme que vas a hablar con tus padres y les vas a contar lo que llevas aguantando todo el curso.

—No sé...

—Sara, por favor. Mira, estos días he aprendido que hay gente que por envidias, por celos o por inseguridades puede hacer y decir cosas muy feas. Pueden hacerte daño de forma gratuita sin que te lo merezcas. En nuestras manos está evitar que nos afecte y hacer que las cosas cambien, y tú, Sara, puedes hacerlo. Pero necesitas contarlo para que te ayuden. Prométemelo, venga.

—Te prometo que lo pensaré...

—Espero que decidas que sí. De todas formas, sabes que me tienes aquí para lo que sea, ¿verdad?

—Lo sé. Y no sabes la fuerza que eso me da. Bueno, ¿me vas a contar algo de Venecia?

—Uf... Venecia es maravillosa y me ha dejado agotada, así que tendrás que esperar a mañana para saber los detalles.

—¡No me dejes así! Dime algo, vamos...

—Hoy he pasado el día con Jack y ha sido BRUTAL. Hemos visitado la plaza de San Marcos, Burano, el barrio judío y hasta hemos ido en góndola.

—¡Un sueño, Laura!

—Sí... y sueño el que tengo yo ahora. Hablamos, ¿vale? Y por favor, hazme caso.

—Te he dicho que lo pensaré... Un besito, que duermas bien.

—Muacs, hasta mañana.

Ha sido un día largo e intenso, y estoy agotada. Además, la historia de Sara me ha dejado con mal cuerpo. No es justo que esté pasando por algo así y que por miedo no se atreva a contarlo. ¡Qué rabia! Espero que cambie de opinión y que pueda empezar a ser feliz.

Domingo, 11 de julio.
10.30 horas

Toc, toc, toc. Alguien llama a la puerta. Toc, toc, toc. Y de forma insistente. Toc, toc, toc.

—¡Ya voyyy! —digo a voces mientras salgo de la cama con el pelo en la cara. Abro la puerta sin tan siquiera preguntar quién es. Estoy tan dormida que ni caigo en hacerlo.

—¡Sorpresa! —gritan a coro mis amigos.

Con los ojos aún a medio abrir distingo a Eva, María, Manu y Andrés, pero hay alguien más. Me aparto el pelo de la cara y me froto los ojos. No puede ser.

—**¡Katia!** —chillo al descubrir que nuestra amiga italiana está justo ahí, en la puerta de mi cuarto—. ¿Qué haces aquí?

—Una sorpresa. ¡Ja, ja, ja!

Todos pasan a mi habitación y me cuentan que han estado hablando con Katia sin decirme nada para darme una sorpresa. Ella vive en Roma y la gira de The Rocks tan solo hace escala en Venecia, así que nuestra querida amiga decidió coger un avión y venir a visitarnos. ¡Qué alegría!

Me visto en un plis plas y los seis salimos a pasear un rato por la ciudad. Esta noche tenemos concierto y nos han citado un poco antes de lo normal porque el recinto está algo alejado de la zona donde nos alojamos. Así que decidimos no apartarnos mucho del centro y recorrer la zona del puente de la Academia, un lugar donde hay mucho movimiento y gente joven.

—¿Nos sentamos aquí? —propone Andrés con un trozo de pizza en la mano.

Los seis nos acomodamos en las escaleras de una plaza donde hay un poco de sombra. ¡Vaya calor hace! Hemos cogido pizza *al taglio* en un puestecito de comida para llevar y la pintaza que tiene no es normal. ¡Qué rica está!

—Katia, ¿cómo están tus amigas, las guapas? —pregunta María con sorna.

—¿Amigas? ¡Ja, ja, ja! *Not* amigas *anymore. Ciao, ciao!*

—Mejor. *They were not nice* —le dice Andrés saboreando su doble ración de mozzarella.

—¿Vas a bailar con nosotros? —le plantea Manu de repente.

—¿Bailar? —preguntamos Katia, Eva y yo a la vez.

—¡Claro! —salta María—. ¿Por qué no le decimos a Jena que Katia se una a nosotros en «Dancing with you»? Total, la coreografía es la misma que la del videoclip.

La idea nos chifla a todos y le mandamos un whatsapp a Jena para comentárselo. Enseguida nos responde que sí, que no hay problema. Además, como todos tenemos un par de cambios de vestuario, le podemos prestar un traje sin problema. **¡Qué ilusión, los seis volveremos a bailar juntos!**

—Por cierto —apunto—, no hemos grabado ningún vídeo bailando en Venecia.

—Claro, como ayer estuviste todo el día desaparecida... —me suelta Manu.

—¡Oye, que aún tenemos tiempo! —replico en tono indignado—. ¿Os mola la plaza de San Marcos?

—¡Me parece maravillosa! —exclama María poniéndose en pie para ir hacia nuestro próximo escenario.

El tiempo aquí en Venecia es un poco loco. Ayer el viento no dejó de soplar. Hoy nos hemos levantado con un solazo increíble y ahora unos nubarrones amenazan con una tormenta de verano. Vamos a darnos prisa, no sea que nos pille un chaparrón en mitad del baile.

Llegamos a la plaza de San Marcos y nos colocamos frente a la basílica, dejando que los arcos y el suelo de baldosas cuadradas destaquen como fondo. Acordamos que bailaremos nuestra canción, «Dancing with you», y que Katia también participará en este vídeo para Musical.ly. ¡Como en los viejos tiempos!

—*Guys! One detail: what about our shoes?*

—**¿Bailamos descalzos?** —sugiere Eva emocionada.

Nos quitamos las zapatillas y las dejamos a un lado para que no salgan en el plano. Ensayamos algunas transiciones y nos disponemos a bailar cuando las temidas gotas de lluvia hacen acto de presencia.

—¡Da igual! Bailemos bajo la lluvia, ¿no? —propone María.

—Si a vosotros no se os encrespa el pelo, por mí guay —contesta Manu haciéndonos burla—. Vaaale, es broma, no me miréis así...

La lluvia se intensifica a medida que pasan los minutos y la gente empieza a refugiarse en los soportales. La plaza se queda vacía. Tan solo estamos nosotros seis en medio y, hay que reconocerlo, en el plano queda chulísimo. El pobre de Andrés se pega un resbalón y se cae de culo al suelo. Menos mal que no se ha hecho daño. De hecho, creo que usaré la imagen en el montaje final.

—Parece que hayamos pasado por un túnel de lavado —comenta María entre risas.

—Desde luego, este será uno de los vídeos más originales del viaje —convengo.

Terminamos de hacer el último plano y corremos hacia la columna donde hemos dejado las zapatillas. No podemos entretener-

nos mucho más porque Jena quiere que ensayemos el baile con Katia antes del concierto.

—Vale, ¿quién tiene mis zapas?

Miro a Manu con cara de interrogante. Mis ojos van del suelo a sus pies descalzos y a sus manos vacías. **¡Le han robado las zapatillas!**

—Es broma, ¿no? —exclama María alarmada.

Buscamos por las columnas cercanas pero nada, no hay rastro de sus deportivas. ¿Y ahora qué? Tendrá que volver descalzo al hotel... no hay más opción.

—*Guys!* —dice Katia—. *I've got my sandals in my bag. Do you want to wear them?*

—Hombre, mejor que descalzo seguro que voy —responde Manu con cierto tono de alivio.

Sin embargo, cuando Katia saca las sandalias rosa con estampados de Hello Kitty de su bolsa, su cara cambia de golpe. ¡Vaya pintas va a llevar! Nos pasamos todo el trayecto riéndonos de él, que camina a toda prisa para llegar cuanto antes al hotel. No puedo evitar hacer un Stories para inmortalizar el momento. ¡Qué risa!

Cuando llegamos al hotel Jena nos está esperando.

—*I Love your sandals!* —le dice a Manu en cuanto lo ve.

Mi amigo se pone rojo como un tomate, se cruza de brazos y se va directo a su cuarto para cambiarse los zapatos.

Jena me guiña un ojo y yo sonrío. ¡Ya casi es una más del grupo!

Después de ensayar nos dirigimos al estadio, donde una multitud de fans nos recibe a la entrada. La sorpresa cuando ven a Katia es máxima. Además de que también salió en el videoclip, estamos en Italia, su casa, y se nota que la mayoría de los seguidores de The Rocks la tienen fichadísima. ¡Qué subidón!

—*Is it always like this?*—pregunta Katia cuando entramos en el recinto.

—Sí... ¡cada vez! —responde María.

—¡Una locura! —añade Eva

—*Wow. It's great!!!*

—Bueno, tan genial no es... —replica Andrés.

Seguimos andando detrás del ayudante de producción que nos guía hasta llegar a nuestro camerino. Entramos y nos sentamos en las sillas y el sofá que, como siempre, nos colocan para que estemos cómodos.

—¿Qué has querido decir con lo de que no es «tan genial»? —inquiere María con curiosidad.

—Bueno... A ver, es muy guay lo de salir a actuar, que la gente te conozca, que te pidan fotos... No me quejo del cariño de los fans para nada, que conste...

—¿Pero? —pregunto.

—Pues que eso está muy bien, pero lo de los madrugones, estar cambiando de hotel cada dos por tres, aeropuertos, traslados... **Eso es bastante rollazo.**

—Estoy de acuerdo con Andrés —interviene Manu—. La experiencia mola, pero yo no podría vivir así constantemente. Prefiero mi vida de anónimo.

—En esta ocasión te tengo que dar la razón —admite Eva—. Nosotros lo vemos guay porque son solo dos semanas, pero este ritmo de vida no debe de ser bueno...

—¡Y ser siempre el centro de atención! Que se lo digan a Laura... —apunta María y todos me miran.

—Bueno... En parte creo que tenéis razón. A ver, esto es muy muy guay, pero ayer Jack y yo tuvimos que salir medio disfrazados para poder ir tranquilos por la calle, ¿sabéis? No me gustaría tener que hacer eso todos los días de mi vida.

—*I understand*—dice Katia.

Al poco nos vienen a buscar para ir a maquillaje y Katia se queda absolutamente alucinada con el look Avatar que le ponen. ¡Está guapísima! Nos vestimos con los trajes que nos han preparado y, como las veces anteriores, esperamos a que nos vengan a buscar para salir al escenario. El momento de la adrenalina llega, sin duda, una de las sensaciones más chulas de este viaje.

Los seis nos abrazamos antes de salir a escena, aunque Katia tendrá que esperar a que The Rocks toque «Dancing with you», un tema que está pautado para dentro de un rato.

—¿Preparada? —le pregunto cuando ya llevamos cuarenta minutos de concierto y se acerca el momento de que Katia se una a nosotros.

—¡Total! —responde entusiasmada.

La ovación del público al ver a Katia es bestial. Me sigue flipando que nos conozcan simplemente por haber bailado en el videoclip. **¡Casi nos aplauden más que a The Rocks!** Bueno, quizá aquí me he pasado...

Cuando el concierto termina volvemos a abrazarnos porque lo que hemos vivido los seis ha sido mágico.

De vuelta en el hotel nos metemos todos en la habitación de Eva, que es donde Katia dormirá. Allí pasamos un montón de rato hablando y riendo, alargando los minutos porque sabemos que en unas horas nuestra amiga italiana se irá y ya no la volveremos a ver durante un tiempo. Cuando pasadas las tres de la madrugada salgo de la habitación de Eva para irme a la mía, me invade una sensación de felicidad enorme. Una felicidad que culmina cuando pongo a cargar mi móvil y recibo un mensaje de Jack.

J Solo quiero decir que hoy habéis bailado genial y que tú has brillado como estrella del cielo. My pretty shiny star. Good night.

Que el tiempo se detenga ahora mismo. No quiero dejar de sentir lo que estoy sintiendo ahora. No quiero dejar de sentirlo jamás.

CAPÍTULO 11 ♥ Una carta misteriosa

Lunes, 12 de julio.
10.30 horas

Volvemos a estar aquí, **donde todo empezó**. Londres es nuestro siguiente destino de la gira y esta noche el estadio The O2 Arena vibrará con las canciones de The Rocks. Los chicos y yo lo daremos todo bailando ante los fans que, como nosotros, vivirán cada segundo del show como si fuese único. Y es que en realidad... ¡todo lo que estamos viviendo es único!

—O sea, ¿12 de julio y llueve? ¿Es broma?

María mira con el ceño fruncido a través de la ventanilla de la furgoneta que nos está llevando desde el aeropuerto hasta nuestro hotel que, casualmente, es el mismo donde nos alojamos la otra vez. El tiempo en la capital del Reino Unido es bastante loco y sí, aunque en España ahora mismo la gente se esté derritiendo por culpa del calor, aquí más te vale no olvidarte del paraguas si no quieres acabar pasado por agua. ¡Cosas de la meteorología!

—No te preocupes, el móvil dice que dentro de una hora y media lucirá el sol como para que te desintegres en pleno Piccadilly Circus —le suelta Andrés con intención de animarla.

—Además, un poco de lluvia no te matará, exagerada —añade Manu.

—¡Ya lo sé! —responde María con indignación—. Pero con la lluvia se me encrespa el pelo, ¿vale? Y no quiero ir con la melena de Krusty el Payaso por las calles londinenses.

La comparación que hace María con el personaje de *Los Simpson* nos hace estallar a todos en una carcajada. Con las cosas que se le ocurren, debería plantearse ser guionista o escritora. ¡Se ganaría bien la vida!

Por mi parte, me he pasado la noche soñando con Jack. ¿Cómo no hacerlo? Aún tengo dudas de si lo que estoy viviendo es real o no, pero cada vez que me despierto por las mañanas y compruebo que estoy en una habitación de hotel, se confirma que esto no es un sueño, sino pura realidad. Y aunque sé que tiene fecha de caducidad y que el día del fin de gira se acerca, no quiero agobiarme sino disfrutar de cada uno de los momentos que vivo, tanto con Jack como con los chicos.

—Pero ¡bueno, qué sorpresa! ¿Vosotros otra vez por aquí?

La voz amiga de Javier, el botones español que nos ayudó cuando el concurso de Musical.ly, nos da la bienvenida en cuanto ponemos los pies en el hall. ¡Qué guay volver a verlo!

—¿Qué pasa, tío? —lo saluda Manu chocando la mano con él y dándose un medio abrazo.

—Todo bien. ¿Qué parte del edificio necesitáis invadir esta vez?

—¡Ja, ja, ja! —reímos al unísono.

—Esta vez no hará falta porque ahora estamos con el grupo... —explica María señalando los carros que transportan no solo nuestro equipaje sino también las bolsas del grupo y del equipo de producción.

—¿En serio? —pregunta sorprendido Javier.

—Sí. No solo ganamos el concurso, sino que estamos haciendo la gira europea con The Rocks. ¡Y en parte gracias a ti! —le digo.

—¡Cómo me alegro, chicos! Olé ese poderío español, que se enteren bien por Europa del arte que tenemos.

Estamos un par de minutos más con Javier pero enseguida tiene que dejarnos porque su supervisor ya le ha echado un par de miradas matadoras, y no es cuestión de que el pobre chico pierda el empleo por estar de cháchara. Nos dirigimos al mostrador para los registros de las habitaciones y tras dejar las maletas en ellas, nos disponemos a recorrer, esta vez con más calma, las calles de Londres. ¡Y encima ha dejado de llover! ¿Se puede pedir más?

Tomamos el metro y salimos en Westminster Station. Tras subir las interminables escaleras mecánicas que te llevan desde las profundidades del metro hasta el exterior y poner un pie en la calle, la típica estampa de Londres, la que todos imaginamos cuando pensamos en esta ciudad, se dibuja ante nuestros ojos.

—¡Cómo mola! —exclama María—. ¡Selfi delante de la torre!

—Big Ben, María, se llama Big Ben. ¡Que no te enteras!

—Pues la verdad es que tampoco se llama Big Ben —interviene Andrés para corregir a Manu—. Ese es el nombre popular pero en realidad estamos ante la Torre del Reloj. Bueno, creo que hace unos años le pusieron el nombre de la reina, ahora no estoy muy seguro...

—A ver, si yo pongo en Google «Big Ben» me sale la foto de la torre con su reloj, así que si lo dice Google...

—¡Ni que Google fuera Dios! —suelta Eva.

—Pues casi —replica Manu—. Nos tienen más controlados que en Gran Hermano.

—Bueeenooo —digo alargando las letras en tono dramático—. Tú y tus teorías de la conspiración. Deberías escribir un libro, en serio. Con esa imaginación tuya...

—Sí, sí. Tú tómatelo a risa... —me contesta algo ofendido.

—Uala, ¿y eso qué es? —pregunta María señalando en dirección opuesta al Big Ben, la Torre del Reloj o como quiera que se llame el monumento.

—¿La noria? Es el London Eye, dicen que desde arriba hay unas vistas de Londres brutales —explica Eva.

Los cinco nos miramos y no hace falta decir más. Entendemos con nuestras sonrisas que nuestro primer destino hoy será esa noria gigante en la que, por supuesto, nos vamos a subir. Cruzamos el río y emprendemos nuestro camino, y a medida que nos acercamos me doy cuenta de lo supermegahiperultraalta que es. **¡Qué pasada!**

—¿Cómo vamos de vértigo, chicos? —pregunta María como si me leyera el pensamiento—. Aparte de Manu, que se marea si se sube a una silla, ¿el resto bien?

—Oye, ¿a ti qué te pasa conmigo? —suelta Manu a modo de queja.

—¡Ja, ja, ja! Es que me lo paso bien metiéndome contigo... —responde ella sacándole la lengua y agarrándole del brazo en gesto conciliador.

Nos acercamos a las taquillas y compramos las entradas (un poco caras, por cierto, ¡ni que estuvieran forradas de oro!), pero tenemos que esperar más de dos horas para nuestro turno. Aunque se me ocurre...

—¡Chicos! ¿Qué os parece si aprovechamos el rato muerto que tenemos para grabar el vídeo de la coreo que nos toca?

—¡Bien pensado, Laura! —exclama Eva.

—Venga, ¿quién elige canción hoy? —planteo.

—¡Yo! —dice Andrés con mucho entusiasmo—. Y me pido... **¡la nueva de Ariana Grande!**

Manu, que justo estaba dándole un sorbo a una lata de refresco, estalla en una carcajada que le hace lanzar todo el líquido por la boca como si fuese un aspersor y, claro, nos salpica a todos. Luego empieza a toser porque, como era de esperar, se ha atragantado con la bebida.

—¡Eso te pasa por reírte de Andrés! —le dice María a modo de regañina.

Manu levanta las manos en son de paz mientras sigue intentando recuperar el aire. Eva le da golpes en la espalda para que deje de toser, pero con la fuerza con que se los da parece que lo que intente sea partirle una vértebra.

Cuando Manu se recupera nos ponemos el nuevo single de Ariana Grande y empezamos a idear el baile. Vale, ya tenemos los pasos definidos, pero la cuestión ahora es: ¿dónde nos ponemos para que se vea un fondo chulo?

—¡Chicos, venid aquí! —grita María, que se ha alejado de nosotros y nos hace señas con la mano para que nos acerquemos.

Ha encontrado una zona peatonal que queda más elevada que el lugar donde está la noria y desde la cual se ve tanto el London Eye como el Big Ben y la abadía de Westminster. Un escenario increíble, vaya. ¡Bien por María!

—Este sitio es perfecto —declara Andrés—. Y, además, el sol no nos viene a contraluz así que los planos van a quedar superbién iluminados.

Andrés tiene razón: la coreografía nos queda chulísima y la iluminación es espectacular. Creo que no tendré ni que retocarla con el ordenador. Terminamos de grabar quince minutos antes de nuestro turno para el London Eye, así que podemos recoger todo e ir con la calma a hacer cola. Cuando nos toca subir a uno de los vagones tipo cápsula ovalada tengo la sensación de estar entrando en una nave espacial. A medida que la noria va girando y nos vamos elevando, mi emoción va creciendo. Puedo ir vislumbrando el skyline de Londres, aunque lo verdaderamente bueno está por llegar. ¡Qué ganas de estar ahí arriba!

—Aviso para los que tengan vértigo: no miréis hacia abajo —advierte Eva.

—Manu, sabes que eso va por ti, ¿no? —María lo chincha.

—Cuando llegue a tierra firme recuérdame que te deje de hablar. Gracias.

—Sí, pero antes hagámonos un selfi, ¿vale? **Sonreíd chicos.** *Cheeese* —les digo.

Por fin llegamos a la parte más elevada de la noria. ¡Esto es impresionante! Las vistas son un verdadero espectáculo. Estoy enamorada de esta ciudad, y no solo por lo bonita que es, sino por las cosas especiales que me ha hecho vivir. Londres tendrá para siempre un lugar muy especial en mi corazón.

Cuando bajamos del London Eye deshacemos el camino de ida y regresamos al otro lado del Támesis. Allí merodeamos por los alrededores de la abadía de Westminster y vemos de cerca la famosa Torre del Reloj. ¡Qué cosa más grande! De ahí nos dirigimos a la Torre de Londres, a cuyas puertas están algunos miembros de la Guardia Real. ¡Son como en las pelis!

—Vaya palo de trabajo, todo el día quietos como estatuas —comenta Manu.

—¿Y qué hacen si quieren ir al baño? —plantea Eva con cara de espanto.

—Pues aguantarse —responde Andrés.

—Espera que se lo pregunto.

Manu se acerca a uno de los guardias que, firme como un palo, mira al frente mientras custodia la entrada.

—*What do you do when you want to go to the toilette?* —le pregunta a gritos Manu con su inglés macarrónico.

Nada. El guardia lo ignora por completo. Manu insiste. Nada. Mi amigo se vuelve y nos mira con cara de flipe, sin entender que el hombre no le contesta. Y justo en ese momento en que está desprevenido, girado hacia nosotros, el guardia le grita en toda la oreja «*Go away!*». El bote que pega Manu es para grabarlo. ¡Vaya susto! Nos da un ataque de risa y, por primera vez, veo a mi amigo avergonzado. **¡Por pesado!**

—Chicos, deberíamos ir volviendo al hotel, que en una hora estamos convocados en la recepción —advierte Andrés.

Así que de nuevo nos subimos al metro y nos vamos al hotel para prepararnos para el concierto de esta noche. ¡Londres prepárate para vernos bailar!

Quedan quince minutos para que empiece el concierto y debo admitirlo: estoy atacada. Londres es como la capital europea de los conciertos. Todo artista que se precie viene aquí y pasa por este escenario, el del The O2 Arena. Y en unos minutos estaré yo bailando sobre él. Emocionada, nerviosa, ansiosa... ¡Estoy que me subo por las paredes!

Ya en la parte trasera del escenario noto que se me eriza la piel al escuchar los gritos de la gente que está esperando a The Rocks. Los chicos aparecen cinco minutos antes de que sea la hora del show y Jack me dedica una sonrisa cómplice mientras le colocan la petaca y los auriculares. Qué ganas de volver a estar a solas con él y hacer algún plan molón.

El concierto de esta noche es mágico. La energía y la conexión que se percibe entre el público y el grupo es brutal, algo que yo misma siento cuando nos toca salir a escena para bailar. Londres me ha dado no solo una de las experiencias más bonitas de mi vida, sino el mejor de los espectáculos (por ahora) de toda la gira. ¡Me siento tan feliz...!

—Chicos, tenéis la furgoneta fuera esperando. Por cierto, ¡gran actuación la de hoy! —comenta Jena, que nos ha venido a buscar a los camerinos.

Cuando estamos saliendo por la puerta oigo que alguien grita mi nombre a mis espaldas. Esa voz es inconfundible...

—¡Hey, Jack! ¿Va todo bien? —le pregunto cuando lo veo llegar jadeante.

—*Yeah*, todo OK. ¿Puedes esperar tú y venir en furgoneta conmigo? Quiero hablar tú y yo...

—Eeeh... sí, claro. No hay problema. Chicos —digo dirigiéndome al grupo—, os veo en el hotel, que me voy en la furgo con ellos. —Y señalo con la cabeza en dirección a Jack.

—¿Tu camerino es vacío para hablar allí?

—Sí, claro. **¿Pasa algo, Jack?**

No tengo ni idea de para qué puede querer hablar conmigo a solas, con tanta urgencia. Me tiene muy intrigada pero por suerte voy a salir de dudas dentro de unos segundos.

—*Well*... es momento de dar esto a ti —me anuncia sonriendo y metiéndose la mano en el bolsillo trasero del vaquero.

Jack tiene el puño cerrado y cuando lo extiende ante mí deja al descubierto el colgante de mi abuela, el que empeñé allí, en Londres, y que creí que jamás recuperaría.

—**¡Jack!** —exclamo emocionada y le doy un abrazo que le hace tambalear—. ¡Muchas gracias! ¡No sabes las ganas que tenía de recuperarlo!

—Imagino... Pero quería esperar a Londres porque es la forma de cerrar el círculo, **¿sabes?** Es aquí donde tiene que volver a ti.

—¿Me vas a contar por fin cómo lo conseguiste? No sabes lo intrigada que me tiene eso...

—*Yes* —afirma riendo—. Tachán tachán...

—Vaaa, Jack, no seas malo... —le digo a modo de súplica mientras él disfruta alargando el momento.

—OK, OK. Cuando llegué a mi habitación el año pasado después del concurso de Musical.ly, había un sobre con una carta en el suelo. Creo que alguien metió por debajo de la puerta, *I guess...*

—Ajá —asiento con el ceño fruncido.

—La carta explicaba que tú y tus amigos habíais tenido problemas con maletas, ropa... Ya sabes, toda la aventura que vivisteis y que tú dejaste el colgante para conseguir dinero y comprar zapatos para tú y tus amigos.

Escucho la narración de Jack con detenimiento, analizando todas sus palabras, y estoy alucinada. ¿Una carta? **¿Quién pudo haberla escrito?**

—La carta venía sin nombre —prosigue—. También había dibujo de colgante, así que hablé con mi *assistant* y envié a recuperarlo para ti. Luego te escribí por Instagram para decirte pero tú estabas con exámenes y... *well*, el resto ya lo sabes.

—Qué fuerte... parece una historia de película... ¿Y quién habrá sido el autor de la nota?

—*Oops, I forgot...* La tengo aquí. Mira.

Jack me entrega un sobre blanco. Lo abro. Dentro hay un papel Din-A4 doblado en cuatro. Cuando lo despliego y mis ojos empiezan a recorrer las líneas que hay escritas, el corazón se me acelera. Yo conozco esa letra, y mucho. ¿Por qué hizo esto y no me lo dijo? Mi cabeza se enreda en mil preguntas intentando averiguar el porqué de este secretismo. ¿Por qué, Manu?

CAPÍTULO 12 ¿Qué le pasa a Manu?

Martes, 13 de julio.
0.35 horas

¿Manu? Desde que mis ojos se posaron sobre la nota que me entregó Jack, no he dejado de darle vueltas a la cabeza. ¿Por qué mi amigo no me había dicho nada de esta carta? Y más aún sabiendo lo que hay entre Jack y yo... **¿Qué sentido tenía ocultarlo?** Además, conociendo a Manu y cómo le gusta fanfarronear, lo lógico sería que él hubiera querido colgarse la medalla cuando les comenté que Jack me había mandado una foto con la joya de mi abuela. Y, sin embargo, no dijo nada. Se quedó callado y así ha estado durante todos estos meses. Y tengo la sensación de que si yo no tuviese intención de hablar con él, seguiría sin abrir la boca. Este no es el Manu que yo conozco. ¿Qué le pasa?

—Laura, ya estamos en el hotel.

La voz de Jack me saca de mis pensamientos. El motor de la furgoneta se detiene y el resto del grupo empieza a descender del vehículo. Jack y yo estamos sentados al final de todo, con lo que nos toca salir los últimos.

—¿Estás bien?

—¿Yo? —pregunto sorprendida—. Sí, sí, estoy bien.

—Has estado callada todo el viaje y eso no es normal. Tú siempre hablas —me comenta mientras me toca el pelo.

—Estoy cansada, creo que es por eso... Entre el turismo y los conciertos, no paro de ir de arriba abajo.

Sonrío intentando dar por zanjada la conversación. No me apetece explicarle a Jack que estoy rayada por el tema de Manu y de la nota. No es que haya algo que ocultar, es que simplemente me parece todo tan raro que necesito pensar con calma.

En el vestíbulo del hotel el mánager se acerca a los chicos y les dice que tienen programada una reunión urgente con la central de la discográfica en Los Ángeles, así que Jack me pone ojos de perrito triste y se acerca a darme un beso.

—*Sorry*, tenemos *conference call*...

—No te preocupes, lo primero es lo primero.

—Nos vemos mañana, ¿OK? ¡Mañana a Madrid, tu ciudad!

¡Uala, es verdad! Mañana viajamos a España, lo que significa que... **¡la gira está a punto de acabar!** He estado disfrutando todo tanto que ni siquiera me he dado cuenta de que el de esta noche era nuestro último show en el extranjero. Qué pena...

Ma Laura, ¿has llegado?

Ahora mismo estoy en la recepción. L

Ma Guay, yo en la cama ya... Hoy estoy petada.

Tía, yo igual... El cansancio me ha poseído... L

Mu Vaya par de flojas...

Ma Buf, es que ni por whats puedes ser majo. 🤦‍♀️
Mu No nací para ser majo, bonita. 😜
Ma Paso, es muy tarde para gastar la poca energía que tengo en discutir contigo. Mañana tal vez... Besis, Laura, descansa.
Mu ¿Y para mí?
Ma A ti una colleja... ¡pesado!
Buenas noches, nena, que duermas bien. L

Compruebo que ni Andrés ni Eva han leído los mensajes. Deben de haber caído fulminados sobre la cama. Subo al ascensor pensando en quitarme las zapatillas, darme una ducha e irme a dormir como un bebé. Camino por el pasillo de mi planta y al pasar por delante de la puerta de la habitación de Manu me detengo. No sé si es casualidad o el destino lo ha querido así, pero es el único del grupo que sigue despierto y la intriga por saber lo del colgante sigue ahí. *Es hora de que hablemos.*

—¿Quién es? —dice desde el interior de su cuarto tras mis golpes en la puerta.

—Soy Laura.

Manu me abre en calzoncillos, con una camiseta sin mangas de color blanco y el pelo revuelto. Por unos segundos, nos quedamos en silencio, mirándonos, sin entender muy bien qué hago llamando a su puerta a estas horas. No lo entiende él y puede que tampoco lo entienda yo.

—No dormías, ¿verdad?

—No, qué va... Estaba viendo vídeos en YouTube. ¿Estás bien?

—Sí, sí. Es que quería hablar contigo.

—Ah... —dice con cara de no entender nada—. Dime, ¿qué pasa?

—¿Puedo entrar?

—Sí, sí, claro... —contesta rápidamente.

Entro en el cuarto y compruebo que Manu es un auténtico desastre. Tiene ropa repartida por todos los sitios como si llevase alojado en este hotel un mes en vez de un día. ¡Vaya leonera!

—Tú dirás... —dice sentándose en la cama.

—Bueno... Antes me he quedado a solas con Jack en el camerino...

—¿Ha pasado algo? —pregunta en tono serio—. ¿Te ha hecho algo...?

—No, no. —Lo freno y acompaño el gesto levantando las palmas de las manos—. Simplemente es que me ha devuelto esto.

Saco el colgante de mi abuela del bolsillo de mi pantalón y lo pongo a la altura de la cara de Manu. **Noto que sus ojos se abren como platos**, que traga saliva y que, por unas décimas de segundo, se ha puesto nervioso. Sin embargo, su gesto se recompone tan rápido que hasta dudo de lo que acabo de ver.

—Guay, ya era hora de que te lo devolviera. Oye, ¿mañana a qué hora hay que estar en el vestíbulo?

Pillado. Me ha cambiado de tema como si lo del colgante fuese una chorrada. Tengo que decirle que lo sé. Que si tengo el colgante en mis manos es gracias a él.

—¿Por qué no me lo habías dicho?

—¿Decirte el qué? —contesta frunciendo el ceño.

—Lo de la nota. Lo del colgante.

—¿De qué hablas?

—A ver, Manu. Nos conocemos desde pequeños. ¿Te crees que no soy capaz de reconocer tu letra? —digo mientras saco la nota del otro bolsillo y se la planto en las narices.

Por primera vez veo a Manu quedarse sin palabras. Mira la nota con los ojos abiertos y luego me mira a mí, sin saber qué decir. Pasamos unos segundos en silencio hasta que me atrevo a preguntarle de nuevo:

—¿Por qué no me dijiste nada?

—Bueno... No sé, tampoco hice nada...

—¿Ah, no? Escribiste una nota al cantante más famoso del momento para decirle que yo había empeñado mi colgante y que si podía recuperarlo. Él lo consigue, nos hacemos amigos y...

—¿Amigos? —me corta.

—Sí... Amigos. ¿Te pasa algo?

—No, no, a mí no me pasa nada... —Se levanta de la cama—. No sabía que los amigos iban besuqueándose por los rincones, nada más.

—¿A qué viene eso?

—¿A qué viene el qué? —replica desafiante.

—Manu, no entiendo nada... Me ocultas lo del colgante, estás como a la defensiva y parece como si hubiese hecho algo malo. ¿Estás bien?

Manu se queda callado. Baja la mirada. Respira profundamente. Eleva la cabeza de nuevo y me vuelve a mirar. Sonríe.

—Sí, estoy bien, perdona. Es solo que..., bueno, sabía que si había alguien que podía devolvértelo, ese era Jack. Yo no tenía ni el tiempo ni el dinero para mandar a alguien a que recuperase tu colgante, pero él sí. Y bueno... no me equivoqué, ¿verdad?

—No, la verdad es que no...

—Lo ves, Jack es genial.

—Sí, Jack es genial. Pero si no hubiese sido por ti esto no estaría de nuevo en mis manos. Así que gracias.

—Bah, no ha sido nada... Con un iPhone nuevo puedes compensarme.

El Manu de siempre ha vuelto. Me echo a reír y me acerco a él para darle un abrazo. Nos fundimos el uno con el otro durante unos segundos y me siento superafortunada de tener un amigo como él. Cuando me separo me doy cuenta de que él también sonríe y de que un brillo en sus ojos que no había visto hasta ahora le está iluminando la mirada. Tengo sueño, supongo que él también, así que me despido y me voy a mi cuarto con el colgante aún en mis manos. De todas formas, me siento rara. He notado a Manu distinto, no sé cómo explicarlo... Es como si hubiese sacado una parte que yo desconocía y que, de hecho, sigo sin conocer. *¿Le pasará algo conmigo?* Bah, tantas horas sin dormir me están haciendo polvo el cerebro. Lo importante es que tengo mi colgante y que todo ha sido gracias a Manu. Misterio resuelto.

Miércoles, 14 de julio.
10.30 horas

Último avión y último aterrizaje de la gira. En el momento en que el aparato posa sus ruedas sobre tierra firme noto como si una burbuja me subiera del estómago a la garganta y volviese a bajar. La gira de The Rocks termina y la aventura llega a su fin.

—Muero por un pincho de tortilla de patatas con mayonesa —comenta María mientras caminamos por los pasillos del aeropuerto Adolfo Suárez Madrid-Barajas en dirección a la salida.

—Hemos comido como reyes, pero donde estén los platos de España, que se quite cualquier bagel, pizza o frankfurt —apunta Eva.

Cuando llegamos a la zona de recogida de equipajes, la melancolía me invade sin poderlo evitar.

—Chicos, esto ya se acaba. Y la verdad es que me da mucha pena... —confieso con una vocecilla.

—Sí, a mí también. ¡Con lo que mola teneros en la habitación de al lado siempre! —añade María.

—La verdad es que ha sido brutal...

—Un sueño. —Andrés interrumpe a Eva—. Las probabilidades de que vayamos a vivir algo así de nuevo son escasas, la verdad, pero os aseguro que si Musical.ly organiza otra historia de estas, yo me apunto el primero.

—A ver, a ver... ¿Qué significa toda esta moñería?

—Venga, Manu, no te hagas el duro... Seguro que tú también sientes penita por separarte de nosotros —le responde María torciendo el labio inferior.

—Esta noche lo tenemos que dar todo. Último concierto y en Madrid, en casa. ¡Os quiero a todos con energía a full! —grito y extiendo el brazo, abro la palma de la mano y dejo que todos posen la suya sobre la mía en un gesto de promesa.

Recogemos nuestros bultos y salimos al exterior. Las caras de nuestros padres son lo primero que nos encontramos, y la ilusión en sus rostros al vernos es más que evidente. Cada uno de nosotros se funde en un abrazo con sus respectivos progenitores, y cuando me separo de los míos me doy cuenta de que tengo la cara húmeda. **Estoy llorando de la emoción.**

—¡Os he echado tanto de menos! —digo sin dejar de besarlos y achucharlos.

—Y nosotros, hija. Nos tienes que contar tantísimas cosas... Aunque te hemos ido siguiendo la pista ¿eh?, tu madre ya casi tiene un máster en Instagram. ¡Ja, ja, ja!

—¿En serio, mamá? —La miro sorprendida.

—Dentro de dos días me hago influencer yo también.

Son las once de la mañana y hasta las siete de la tarde no nos han convocado en el WiZink Center, el sitio donde actuaremos esa noche junto a The Rocks por última vez. Pero antes tenemos que pasar por el hotel para hacer el check in y dejar el equipaje, así que nos despedimos de nuestros padres y quedamos allí una hora más tarde. Una vez hecho el registro, tenemos el día libre para recorrer la capital todos juntos. ¡Ganazas!

S Guapi, ¡que en unas horas te veo! ¿Cómo fue el viaje?

Síii. ♥ ¡Qué ganas de darte un achuchón! L

S Y yo. 🙈

El viaje genial, ahora nos iremos de turisteo con mis padres, así que el día pinta superguay. L

S ¡Mola! Si tenéis tiempo, pasad por el mercado de San Miguel a la hora de comer. ¡Te encantará! Te veo en el WiZink, ¿sí?

Yesss. Escríbeme cuando estés en la puerta trasera y salgo a buscarte. 😭 L

S Perfect. ❤ Te dejo, que mi madre me reclama para ir a comprar. ¡¡¡Te veo en nada!!! 😘

OK. Besis gigantes. L

El de Madrid será un concierto épico. Actuamos en nuestro país, conoceré a Sara, nuestros padres nos verán en directo... pero también tendré que empezar a decirle adiós a la gira, a The Rocks y a Jack. ¡Tengo que aprovechar estas últimas horas a tope!

♥

—Papá, mamá, selfiii.

Papá es ya casi nivel experto en posar en los selfis, pero lo de mamá ya es otra historia. ¡Da igual, sale guapa se ponga como se ponga! Hemos estado paseando por el Retiro y no puedo dejar de sonreír. ¡Cuánto necesitaba estar con ellos! Pasamos por la Puerta de Alcalá y caminamos en dirección hacia la

Puerta del Sol. Me quedo la última del grupo, cojo distancia y observo a mis amigos, a sus padres y a los míos caminando mientras hablan y ríen entre ellos. ¡Qué momento tan bonito! A veces no valoramos lo suficiente las cosas que tenemos porque damos por hecho que están ahí y que siempre estarán. Estos días fuera de casa y lejos de mi familia y de mi ciudad han sido increíbles, sí, pero también me han servido para darme cuenta de lo increíblemente afortunada que soy por todo lo que tengo.

—Chicos, ¿os parece un buen sitio? —pregunta Eva.

—¡Brutal! No hay sitio más emblemático de Madrid que este. Este vídeo lo petará fijo.

María tiene razón. La Puerta del Sol es el lugar que elegimos para grabar la última coreografía para Musical.ly de la gira europea. En esta ocasión ya nos habíamos puesto de acuerdo a la hora de elegir al artista cuya música bailaríamos: Beyoncé, por unanimidad. Como ya lo sabíamos de antemano, hemos tenido tiempo de ir pensando pasos a lo largo del viaje a Madrid con lo que este baile lo grabaremos rápido. Además, esta vez tenemos la ayuda de un profesional de la cámara del móvil: mi padre.

—¡Vamos, chicos, a darlo todo! —grito con energía antes de darle al Play para que suene la música.

En mitad de la Puerta del Sol, frente a la fuente que hay en el centro y con el reloj de las campanadas de Nochevieja de fondo, mis amigos y yo empezamos a bailar. La gente nos mira y los hay que hasta se paran a ver qué hacemos. Nosotros seguimos a lo nuestro, ajenos a las miradas de los desconocidos que quieren saber si somos profesionales, famosos o unos simples chavales que están

danzando en mitad de la calle. Me siento fenomenal haciendo esto… ¡amo bailar! Y esta noche, por última vez, tendré la oportunidad de volver a hacerlo ante miles de personas en el concierto de The Rocks. Insisto: soy muy afortunada.

CAPÍTULO 13 ♥ Un momento mágico

Miércoles, 14 de julio. 19.00 horas

—¡Estoy más nerviosa que el primer día!

María está superemocionada cuando llegamos al WiZink Center, y tengo que reconocer que yo también estoy un poco de los nervios. Hace un tiempo estuve por estos mismos pasillos cuando me invitaron a los premios de Los 40 y jamás pensé que volvería a caminar por ellos pero en calidad de bailarina de The Rocks. ¡Muy fuerte!

Nuestros padres se han quedado en la sala que hay casi a la entrada del recinto una vez nos hemos asegurado de que tenían sus pulseras vip para moverse por el backstage sin problemas. Eso sí, una vez empiece el espectáculo, irán a las gradas para vernos bailar entre el público y en las pantallas grandes.

—¡Uala, nos han puesto chuches! —exclama Andrés al entrar en el camerino y ver la zona de catering que, en esta ocasión, tiene mucha más comida que las veces anteriores.

—Sí, pero antes de arrasar con eso necesito ir al baño. ¿Alguien se viene?

Manu y Andrés acompañan a María al lavabo y en el camerino nos quedamos solas Eva y yo.

—Qué penita, ¿verdad?

—Sí, tía... cuando pienso que este será nuestro último camerino me da bajona... —confieso.

—Ya... Cuando estoy chof me gusta cantar. Es una forma de animarme...

—Con lo bien que lo haces, hasta un muerto se animaría. ¡Ja, ja, ja!

—*Baby let me show you the meaning of true love...* —Eva entona una preciosa melodía y yo me quedo embobada escuchando cómo canta.

—¿De quién es? —la interrumpo.

—Mía.

—¿Cómo que tuya? —digo asombrada.

—No está terminada, pero estoy en ello. No es que sea Pablo Alborán componiendo, pero...

—¿Te importa seguir cantándola?

Eva me sonríe y vuelve a ponerle voz a su canción. Estamos solas y noto que se siente cómoda, algo que me alegra porque con lo bien que canta es una pena que no lo haga delante de gente más a menudo. De pie, al lado del perchero donde están nuestros trajes colgados, mi amiga se deja llevar por la emoción y derrocha un vozarrón que ni Demi Lovato. ¡Es una artista!

—¡Bravo! —Una voz masculina la interrumpe y acompaña sus palabras con unos aplausos.

Eva y yo nos damos la vuelta de golpe, como accionadas por un resorte. Pensábamos que estábamos solas, pero es evidente que al-

guien estaba en la puerta del camerino escuchándolo todo. Cuando mis ojos comprueban que el espontáneo es **Robbie**, el guitarrista de The Rocks, dirijo mi mirada hacia Eva con cara de flipe.

—*You are an angel!!!* Tú cantar... *Wooow!!!*

Vale, Eva se ha quedado muda de repente. Laura, al rescate YA.

—Sí, Eva canta... increíble —declaro.

—*You never said. Why?* —pregunta Robbie dirigiéndose a Eva e ignorándome a mí.

—*Well...* —dice Eva y me dirige la mirada—. *I'm shy.*

—*Shy? Nooo* —replica Robbie alargando la «o» con exageración—. *With your voice* tú no puedes ser *shy*.

¡Ja, ja, ja! Otro que habla Spanglish. ¿Creerán estos yanquis que el Spanglish es un idioma en sí? **Bip. Bip.** La vibración de mi móvil me saca de mis pensamientos absurdos.

S ¡Estoy aquí!

¡Viva! Salgo a buscarte, dame 3 minutos. L

—Chicos, salgo a buscar a una amiga... Ahora vuelvo.

—¿Me dejas sola? —me dice Eva con los ojos bien abiertos y moviendo la cabeza hacia Robbie, quien también me está mirando.

—**Hombre, sola, lo que se dice sola... no estás** —replico guiñándole un ojo—. *See you, Robbie.*

Salgo pitando del camerino y soy consciente de que Eva debe de estar pasando uno de los momentos de más vergüenza de su vida, pero lo superará sin problemas. Busco el acceso en el que he quedado con Sara y cuando salgo a la calle y la veo esperando, una sonrisa se dibuja automáticamente en mi cara.

—¡Sara!

—Laura... ¡Qué alegría!

Nos fundimos en un abrazo largo y sincero, uno de esos que reconfortan y que te llenan de buena energía. Nadie diría que es la primera vez que nos vemos, aunque la verdad es que hemos hablado tanto que siento como si Sara y yo fuésemos amigas desde hace años.

—Toma, ponte la pulsera. Con esto te puedes mover por toda la zona de backstage, como si quieres ver el concierto desde el lateral del escenario.

—¡Uala, cómo mola! Mil gracias... No sabes la ilusión que me hace todo. Ver a The Rocks, estar aquí, conocerte... ¡Es un sueño!

—¡Ja, ja, ja! Anda, no seas tonta. Vamos dentro, que te enseño un poco cómo es esto y te presento a los chicos.

Entramos en el recinto y me llevo a Sara directamente a los camerinos. Andrés, Manu y María ya han regresado del baño y están charlando con Eva.

—Chicos, os presento a mi amiga Sara, ya os había hablado de ella. Sara, ellos son Eva, María, Manu y Andrés.

—¡Hola, Sara! —le dice María mientras se acerca a darle dos besos.

—Encantada —responde ella con cierto nerviosismo.

—Eva, ¿qué te pasa? —le pregunto al verle la cara.

—¡Le pasa que es tonta! —contesta Manu.

—Pues sal tú, guapo, a ver si te atreves —se defiende ella.

—¿Me puede explicar alguien qué ocurre? —insisto.

—Pues que Eva hoy va a debutar ante el micro y lo único en lo que piensa es en salir corriendo y esconderse en los baños —me informa Manu.

—¿Cómo? —digo abriendo los ojos como platos.

—Cuando te fuiste Robbie siguió diciéndome que cantaba muy bien y no sé cómo, acabó decidiendo que esta noche cantaré con ellos «Don't want you back». Y ahora lo único que quiero es irme corriendo y esconderme.

—¿Ves como es tonta?

—Manu, cierra el pico, anda —le ordeno en tono serio—. Eva, lo que cuentas es brutal. ¿Por qué quieres irte corriendo? Tía, ¿tú sabes lo que esto puede significar?

—¿Que haga el ridículo más estrepitoso de mi vida? Sí, y no me apetece. Gracias.

—Y así está en bucle desde que hemos llegado y la hemos pillado con Robbie que, por cierto... ¿soy yo o te estaba haciendo ojitos?

—¡María! —exclamo aguantando la risa.

—¿Qué? Es verdad... y **Robbie es muy mono**. ¡Ji, ji, ji!

—Que no, ni de broma. Yo no salgo a cantar ni loca —zanja Eva ignorando el comentario de María.

—Perdonad que me meta —interviene Sara—. No nos conocemos pero creo que lo que te ha pasado es algo único en la vida y que quizá deberías pensarlo un poco más. No puedo imaginarme lo que debe ser subirse a un escenario ante miles de personas, solo de pensarlo me tiembla todo..., pero seguro que ese temblor solo dura unos segundos. En cambio, si decides no intentarlo siempre te preguntarás: «¿Y si lo hubiera hecho?». ¿No crees que vale más la pena arrepentirte por algo que has hecho que por algo que no te has atrevido a hacer?

Eva mira a Sara y noto cómo la expresión de su rostro empieza a cambiar. Las palabras de mi amiga parece que surten efecto.

—**¿Qué es lo peor que puede pasar?** ¿Que desafines, que te salga un gallo? ¿Y? La mitad de la gente ni lo notará, y además tendrás el apoyo de The Rocks que estarán cantando contigo. No tienes que tener miedo ni dejar que ese miedo te robe la oportunidad de vivir uno de los momentazos de tu vida.

Eva escucha a Sara con atención y se queda callada. De repente se levanta del sofá donde estaba sentada, se acerca a nosotras y le da un abrazo enorme a mi amiga.

—Tienes razón... ¿Qué pasa si me sale un gallo? Pues nada, la vida sigue. No seré ni la primera ni la última así que... ¡a por ello!

Todos empezamos a aplaudir y a gritar, y nos lanzamos a abrazarnos a Eva. Miro el reloj y me doy cuenta de que es hora de cambiarnos, así que acompaño a Sara a la sala donde están nuestros padres y vuelvo corriendo para prepararme.

—Me ha encantado lo que has dicho, Sara.

—No he dicho nada que no sea cierto... ¿Sabes? Este tiempo hablando contigo me ha servido para cambiar el chip y darme cuenta de que muchas veces la solución a nuestros problemas la tenemos en nuestra propia mano.

—¿A qué te refieres?

—Pues al miedo. El miedo es lo que nos paraliza y nos frena a la hora de hacer o decir aquello que puede cambiarlo todo y llevarnos a algo mejor. Eva tenía miedo de salir a cantar, y eso le iba a hacer perderse algo muy grande. Yo tenía miedo de hablar con mis padres y contarles lo que me estaba pasando... pero al final seguí tu consejo y lo hice.

—¿En serio? —le pregunto totalmente sorprendida—. ¡Me alegro mucho, Sara! ¿Y qué ha pasado?

—Pues que las cosas han mejorado radicalmente. Luego te lo cuento con detalle, pero quiero darte las gracias porque tus palabras y tus consejos me hicieron abrir los ojos y darme cuenta de que podía cambiar mi vida. Te quiero un montón, Laura.

—Y yo, Sara —le digo mientras nos damos un abrazo.

Llegamos a la sala y allí me encuentro con mis padres y los padres de los chicos. Les presento a Sara y les explico cómo pueden acceder a la zona de gradas.

—Supongo que eso también va por mí, señorita. —Oigo una voz a mis espaldas y la identifico sin ningún tipo de duda.

—¡Abuela! —chillo mientras la abrazo con tanta fuerza que no sé ni cómo no se queja—. ¡Has venido!

—¿Cómo no iba a venir a ver a mi niña subida en un escenario así? ¡Eso no me lo pierdo ni aunque me rompa una pierna!

Me quedo unos minutos charlando con todos hasta que es hora de regresar al camerino para prepararme. Cuando llego allí los chicos ya se han cambiado. ¡Solo falto yo! Me enfundo en el primer traje en un plis y me uno a ellos para ir a maquillaje.

Y pensar que esta será la última vez que nos vestiremos así... ¡Aaay, qué pena!

—¿Hacemos un live de nuestras últimas horas de backstage? —propongo.

—¡Guay! —exclama Manu, que ya está mirándose en el espejo para comprobar cómo lleva el pelo.

—Venga... —digo mientras preparo el móvil, pongo la cámara frontal y estiro el brazo—. Tres, dos, uno... ¡Play!

—Hola, gente, ¿cómo va? Yo estoy en el WiZink Center de Madrid y mirad quién me acompaña... ¡Chicos, saludad! A ver, María, ¿cómo te sientes antes de salir al escenario?

—Con ganas de ir al baño. ¡Ja, ja, ja! No, en serio, estoy supercontenta y un poco nerviosa... ¡La de hoy es nuestra última actuación!

—¡Y por eso lo vamos a petar! —Manu empieza a hablar y giro el teléfono hacia él—. Así que si estáis en el WiZink Center de Madrid aplaudid como si no hubiera un mañana, ¿vale?

—Sí, porque además, hoy es un día muy especial... —añado—. No solo actuarán The Rocks y bailaremos nosotros, sino que alguien hará su debut cantando... y no quiero mirar a nadie...

—Vamos, Eva, no seas tímida. —María se une a mí—. ¡Hoy es tu noche!

Eva se sonroja pero mira a cámara y dice:

—Por si no estaba bastante nerviosa, ahora quieren que me haga publicidad, ¿no? ¡Ja, ja, ja! Pues sí... Hoy habrá sorpresita y cantaré un tema con The Rocks. ¡Espero que no me falle la voz!

—Qué va, lo hará genial —digo totalmente convencida de ello—. ¿A que sí, Andrés?

—Pues claro. Con su talento vocal las probabilidades de que falle son nulas, así que, Eva, no te pongas nerviosa porque no hay forma matemática de que lo hagas mal.

Antes de terminar el vídeo, todos hacemos el gesto de dar un beso a la cámara.

—¡Ja, ja, ja! Gracias, Andrés, por tu aportación científica, eres un crack. Y bueno, nosotros vamos a pasar por maquillaje y peluquería para que nos pongan guapos. Corto la conexión y os mandamos un besazo desde las entrañas del WiZink. Chicos, un beso para toda esa gente guapa que nos está viendo.

Cortamos el vídeo y pasamos uno a uno por la zona de chapa y pintura. Una vez estamos listos, personal de producción viene a por nosotros y nos conduce, por última vez, a la parte trasera del escenario. Allí está Jena, que nos saluda con su energía habitual.

—Vamos, chicos, ¡hoy hay que hacer que el WiZink Center tiemble! ¿Preparados para el último show?

—¡Sííí! —respondemos al unísono.

Los teloneros están a punto de terminar y la energía que hay en el ambiente es superpotente, distinta a la de los conciertos anteriores. No sé si soy yo que lo siento así porque estamos en España, pero presiento que la de hoy va a ser una noche mágica. De repente noto cómo una mano se posa en mi cintura y, sin necesidad de darme la vuelta, sé que es Jack.

—*Hey, baby* —dice y me besa en la mejilla—. **¿Estás bien, mi chica guapa?**

—¡Hey! Muy bien, *rock star*.

—Te echaba de menos...

Jack me abraza por primera vez delante de todo el equipo de producción, del resto de los miembros de The Rocks y de mis amigos. Está muy cariñoso e intuyo que es porque, como yo, sabe que las horas que nos quedan juntos están contadas.

—¿Te veo después del show?

—Sí, aunque están mis padres...

—*Oh, really?* Quiero conocer, ¿puedo?

—¡Ja, ja, ja! ¡Claro!

—Quiero decir que su hija es la mejor del mundo.

—¡Ja, ja, ja! Qué tonto eres.

—Digo tonterías porque tú me pones un poco nervioso. Pero es un secreto, chis. No digas a nadie.

—Chis —repito poniéndome el dedo índice en los labios—. Tranquilo que no diré nada.

Es hora de dar comienzo y Jack se despide de mí con un beso en los labios que me sabe a fresa (la del chicle que estaba mascando). Me reúno con los chicos y juntos contemplamos por última vez cómo The Rocks suben al escenario y arrancan los gritos de todos los fans. Dentro de nada llega nuestro turno.

—Chicos... —digo mirando a mis amigos—. Esto se acaba y solo quería deciros que estos días a vuestro lado han sido increíbles. ¡Ojalá podamos repetir algo así alguna vez! Gracias por acompañarme en este sueño... **¡Os quiero!**

Los cinco nos abrazamos muy emocionados, pero rápidamente tenemos que recomponernos porque por fin llega el momento clave, la hora de saltar al escenario. Termina una de las canciones de The Rocks, las luces se apagan y nosotros nos colamos en escena, cada uno en su posición. Cuando los focos vuelven a encenderse y nos hacemos visibles, una oleada de gritos inunda de nuevo el WiZink Center. Comienzan los acordes de la canción y nosotros empezamos a bailar. Sintiendo lo que siento en este momento, puedo confirmarlo sin dudar: *la magia existe*.

CAPÍTULO 14 ♥ La mejor cena de mi vida

Miércoles, 14 de julio. 21.50 horas

—¡Esto está siendo increíble! —comenta María entre bambalinas.

Hemos terminado nuestro primer bloque de baile y es momento de cambiarnos para volver a salir a escena con otro atuendo. Nos ponemos el segundo traje a toda prisa porque hoy más que nunca queremos disfrutar de cada segundo de este show. Y cuando estamos todos reunidos escuchando una de las baladas de la discografía de The Rocks ocurre otro momento mágico: **invitan a Eva al escenario**.

—Lo vas a petar, ya verás —le susurro al oído mientras le doy un abrazo para intentar traspasarle toda mi energía positiva.

—Suerte, Eva, aunque con esa voz no la necesitas —le dice Andrés con mucho cariño.

—¡Demuestra lo que vales! —la anima María.

—Y disfruta... Canta y déjate llevar —le aconseja Manu mientras le acaricia la espalda, un gesto que parece sorprender a Eva tanto como a mí.

Eva aparece en escena. Un gran foco la ilumina y los aplausos del público ensordecen los nuestros desde detrás del escenario. ¡Qué ganas de oírla cantar! Se acerca a Robbie, quien la recibe con una sonrisa mientras un técnico coloca un micrófono junto al del guitarrista. Eva le devuelve la sonrisa y por primera vez mira de frente al público, una marea de gente que espera con ansias lo que está por venir.

Las primeras notas de «Don't want you back», uno de los temas lentos más bonitos del grupo, comienzan a sonar. Robbie inicia la canción y tras la primera estrofa, Eva se incorpora, cantando las partes que en la versión original cantaría Jack. Eso me hace desviar la mirada para buscarlo. ¿Dónde está? Lo localizo al lado del bajo, en un discreto segundo plano. Ha querido ceder el protagonismo a Eva y dejar que se luzca junto a Robbie. ¡Más mono y me lo como!

La química entre Eva y Robbie es impresionante. Cualquiera diría que llevan meses ensayando este dúo cuando en realidad lo han improvisado hace poco más de dos horas en un camerino. ¡Para flipar! Eva está que se sale. Su voz suena limpia, clara, perfecta. No sé cómo está manejando los nervios, pero es de admirar. Cuando bailamos la atención del público no está puesta únicamente en nosotros y, además, vamos en grupo, algo que facilita las cosas. En cambio ahora, Eva es el centro de atención. Bueno, Eva y Robbie... *¿Soy yo, o quedan supermonos juntos?*

—¡Has estado increíble, Eva! —le grita María en cuanto pone un pie en el backstage.

—¿Sí? La verdad es que con los focos veía muy poco, así que me he centrado en cantar y... bueno, ha salido bastante bien, ¿no?

—¿Bastante bien? Eva, ¡eres la nueva Jessie J! —comenta Andrés.

—¡Ja, ja, ja! Anda, no será para tanto... Vosotros, que me queréis mucho.

—¡Eva! —interviene de repente Jena, que aparece a nuestras espaldas—. No sabía que cantabas así... *Amazing!*

—Gracias, Jena... —responde Eva con la timidez de nuevo instalada en su cuerpo.

—Chicos, es hora de salir de nuevo... —nos informa Jena—. ¿Preparados?

Los cinco volvemos a saltar a escena y lo damos todo con las coreografías que nos quedan por realizar. No puedo dejar de sonreír todo el rato. Me lo estoy pasando genial, mejor que nunca. Eso sí, en el último de los bailes siento una punzada en el estómago... ¡Esto llega a su fin, ahora sí que sí! Terminamos nuestra coreografía y volvemos detrás del escenario esperando a que The Rocks interprete los temas que clausurarán el show. El apoteósico final, con luces y fuego incluidos, arranca tantos aplausos y gritos que parece que el WiZink Center se vaya a hundir.

—Antes de decir adiós queremos dar gracias a Laura López y su grupo de baile por acompañarnos en la gira por Europa. *Guys, come here!*

Jack nos invita a salir al escenario para despedirnos del público. Los cinco salimos corriendo y recibimos una gran ovación por parte de los asistentes. Y sin esperarlo, Jack se pone a mi lado, me agarra de la cintura y me da un beso en la mejilla. Noto cómo me pongo roja al instante. Miles de lucecitas que provienen de los móviles de los espectadores se dirigen a nosotros. ¡Qué vergüenza!

La verdad es que el concierto y la gira no podrían haber acabado de mejor manera.

Después de cambiarnos de ropa nos dirigimos a la sala de descanso para reencontrarnos con nuestros padres.

—¡Cariño, has estado impresionante! —dice mi padre gritando a pleno pulmón.

—Papá, creo que te han oído hasta en Almería...

—Anda, no seas vergonzosa. **¡Eres una artista!** Ven, dame un beso —añade mi madre.

—Si es que tengo una nieta que vale un potosí. Por cierto —me susurra al oído—, tienes a ese tal Jack loquito, ¿eh? —Y me guiña un ojo.

—¡Abuelaaa! —replico con cierta vergüenza.

—¡Laura, habéis estado geniales!

—¡Sara! ¿Te ha gustado?

—¿Que si le ha gustado? —pregunta mi abuela—. Esta chiquilla no ha dejado de bailar ni un segundo. ¡Quién pudiera!

Las tres nos ponemos a reír y luego voy saludando a los padres de Andrés, Eva, María y Manu. Hacemos un corrillo bastante escandaloso, la verdad, pero la emoción del momento es difícil de contener. ¡Este ha sido un día que no olvidaré jamás!

—Mira, cielo —me indica mi abuela—, ahí viene tu príncipe azul.

Me vuelvo y veo a The Rocks entrando en la sala. Jack me localiza y viene directo hacia mí. Acaba de salir de la ducha y lleva el pelo mojado. ¡Qué guapo está!

—¡Hola! —saluda con esa sonrisa que me tiene loca.

—Mira, Jack, estos son mis padres. Papá, mamá, él es Jack, el cantante de...

— Ya sé quién es Jack, hija mía. Solo te falta ponerle un altar en tu habitación —comenta mi madre con toda naturalidad.

—¡Mamá! —protesto medio escandalizada.

—¿Altar?

—Nada, Jack, cosas de mi madre. —La miro de reojo con cara de «no hagas más comentarios de esos, por favor».

—Encantado —dice Jack y les tiende la mano a modo de saludo.

—Y yo soy la abuela, Josefina. Encantada, Jack.

—¿Josefina? Con jota, como Jack —comenta riendo.

—¡Ja, ja, ja! Sí, los dos con jota —conviene mi abuela.

También le presento a Sara, que se muere por hacerse una foto con él. Jack se presta a todo: selfis, Insta Stories con filtros... ¡Es un encanto! Cuando acaba su sesión de fotos con Sara se dirige a mí y me aparta un poco del tumulto de gente.

—Laura, esta noche yo quiero invitarte a cenar conmigo. ¿Es posible?

—¿Cenar? Eh... bueno, en principio iba a ir con mi familia pero... ¿y si vamos a dar una vuelta después?

—¿Vuelta?

—¡Ja, ja, ja! Pasear juntos...

—Es no problema para mí. ¿Puedes pasar la noche fuera del hotel?

¿Cómo? ¿Jack pretende que duerma fuera? Dudo que mis padres me vayan a dejar, y menos sabiendo que me voy con él, que no lo conocen demasiado... ¡Argh! ¿Y ahora qué hago?

—No depende de mí... Tengo que hablar con mis padres. ¿Me das cinco minutos?

Jack asiente con la cabeza, le doy un beso en la mejilla y cruzo la sala en dirección a donde están mis padres. Vamos, Laura, lánzate sin miedo.

—Mamá, papá... **Quiero preguntaros una cosa.**

—¿Qué pasa, hija? —dice mi madre.

—Jack me ha invitado a cenar y bueno...

—Cariño, habíamos quedado en cenar todos juntos... —me recuerda mi padre.

—Sí, sí, y me apetece muchísimo. Por eso le he dicho a Jack que ceno con vosotros y que luego puedo ir a dar una vuelta con él, pero me ha pedido si puedo pasar la noche fuera del hotel...

—¿La noche? ¿Con él? —pregunta mi madre con los ojos abiertos como platos.

—Sí... —respondo sabiendo que estoy pidiendo un imposible.

—Laura, cielo, ni siquiera lo conocemos... Como entenderás, no puede ser...

—¿Por qué no? —interrumpe mi abuela a mi padre—. La niña lleva dos semanas recorriendo Europa con ese chico, ¿qué tiene de distinto esto?

—Hombre, visto así...

—Pasar la noche fuera es lo mismo que pasarla dentro. Laura ha demostrado ser responsable y ese chico es una estrella famosa en el mundo entero, no un asesino en serie. Si hubiese querido cortarla en pedacitos, lo habría hecho ya, ¿no creéis?

—La abuela tiene razón —declaro con el corazón a mil—. Por favor, por favor. —Les ruego uniendo las palmas de las manos a modo de súplica.

—Está bien —accede mi madre mirando a mi padre, quien asiente también—. Pero ¡ten mucho cuidado!

—Gracias, gracias, gracias —les digo abrazándolos y besándolos.

—Y yo prometo cuidar bien de ella —interviene Jack, que ha aparecido a mi lado como por arte de magia—. Escribe whatsapp cuando estés lista y paso a buscarte al restaurante, ¿OK?

Jack me da un beso en la mejilla, se despide de mis padres y de mi abuela y yo siento cómo miles de mariposas revolotean en mi estómago.

♥

La cena con los chicos y nuestras familias *es la monda*. El momento en que mi padre intenta reproducir la coreografía de «Dancing with you» con nosotros es épico. ¡Como suba esto a redes le hacen un club de fans fijo!

—Chicos, yo me voy a ir...

—¿Adónde? —inquiere Manu.

—Ha quedado con Jack... Uuuh —anuncia María en tono graciosillo.

—¿En serio? —pregunta Manu inquisitivo.

—Sí. Mis padres me han dado permiso para pasar la noche fuera con él. ¡Estoy supercontenta!

—Yo también lo estaría —admite Eva.

—A mí me da que tú lo estarías más con Robbie —apunta Andrés.

Todos nos echamos a reír al ver a Eva ponerse roja como un tomate. Justo en ese momento me llega un whatsapp de Jack. Está a cinco minutos del restaurante donde cenamos. ¡Qué ganas de verlo! Me despido de todos y voy corriendo al baño para comprobar que no tengo un trozo de lechuga entre los dientes o algo por el estilo. «Todo en orden, Laura», me digo a mí misma frente al espejo. Dos minutos después me vibra el móvil. Jack ya está aquí. Cuando cruzo la puerta del local y lo veo apoyado en unos coches que están aparcados, las mariposas de mi estómago vuelven a revolotear.

—¡Hola, bonita! —me dice mientras me da un beso, esta vez en los labios.

—¡Hola, *rock star*! —le respondo.

—¿Preparada para una noche de película?

—¡Claro! Si es contigo, seguro que es especial.

Nos besamos y nos dirigimos al barrio de las Letras, una zona muy chula y céntrica de Madrid. Llegamos a un edificio bastante alto y Jack se detiene delante.

—Es aquí.

—¿Aquí? —pregunto con dudas.

—Sí... Tengo una sorpresa para ti. ¿Confías en mí?

—¡Claro! —contesto sin titubear.

Jack me agarra de la mano y tira de mí hacia el interior, de manera que parece que voy en volandas. En principio, el edificio no tiene nada que lo haga especial ni que me dé alguna pista sobre lo que está por venir. ¡Qué misterio! Subimos en un ascensor que comienza a ascender lentamente. La intriga me provoca un cosquilleo en la tripa.

—¿Dónde vamos? —digo cuando veo que el marcador de los pisos pasa del número diez.

—Al cielo —responde Jack guiñándome un ojo.

El ascensor se detiene en el piso decimoquinto y las puertas se abren. Solo veo oscuridad. Jack tira de mi mano despacito y una risa tonta se apodera de mí. Estoy nerviosa. A tientas avanzamos por un pasillo y agradezco que mis piernas no se hayan topado con algún mueble o algún objeto de decoración. De repente Jack frena en seco. ¿Cómo consigue orientarse? ¡Yo me siento perdidísima!

—¿Preparada? —me susurra al oído y siento su aroma a centímetros de mí.

Yo asiento con la cabeza, olvidando que estamos a oscuras y no puede verme. ¡Cuando quiero soy muy crack! Pero parece que él me entiende porque siento cómo manipula algo ante nosotros y, de repente, un portón se abre y la luz del exterior lo ilumina todo. Agarrada a su mano, sigo sus pasos, subo un peldaño y salimos al exterior. Una suave brisa hace que mi vello se ponga de punta.

Es verano, hace calor, pero aquí arriba los grados han descendido. En ese momento me doy cuenta de dónde estamos: la azotea más bonita en la que he estado jamás.

—¡Jack! —exclamo al ver lo que ha montado.

Estamos en el terrado del edificio y parece un jardín de cuento. Pequeñas lucecitas, velas y antorchas iluminan el espacio y un montón de flores están repartidas por el suelo. En medio de este jardín urbano hay una especie de colchón repleto de mullidos cojines. Esto es precioso.

—He pensado que te gustaría dormir mirando las estrellas. ¿Te gusta?

—¿Que si me gusta? —le digo y lo miro—. ¡Jack, me encanta!

Me abalanzo sobre él y le doy un beso superlargo. Cuando nos separamos, Jack se descalza y yo lo imito. Ambos nos tumbamos en esa cama improvisada y nos acomodamos con ayuda de los cojines. Jack me cubre con una fina manta color bronce y yo siento que estoy soñando. Él se tumba a mi lado, me da la mano y clava sus ojos en los míos. Así pasamos unos cuantos minutos, no sé cuántos, pero me siento tan bien... Nos perdemos el uno en los ojos del otro, nos sonreímos con la mirada y él me acaricia el pelo mientras yo aspiro el aroma de su perfume, que se cuela hasta mi nariz cuando él acerca su mano a mi rostro para deslizar su pulgar por mi mejilla.

—Eres tan bonita... *I'm gonna miss you.*

—Yo también te echaré de menos, Jack... —confieso.

Nos callamos. Seguimos así, sumergidos en las pupilas del otro y diciéndonos tanto sin abrir tan siquiera la boca. Me gusta y

sé que yo le gusto. Ya no estoy tumbada junto a una estrella de la música, sino junto a un chico que me encanta. Un chico que, como todo el mundo, también siente. Desearía que esta noche no terminara nunca.

—¿Qué tal la cena?

—¿La cena? —repito sorprendida—. Ah, muy bien. Nos hemos reído mucho.

—¿Y tu amigo Manu?

—¿Manu? Bien, ¿por qué?

—¿Sabe que estás aquí conmigo?

—Claro... ¿por qué no lo iba a saber?

—Tú sabes que él está enamorado de ti, ¿verdad?

—¿Manu? ¿Enamorado? ¿De mí? —pregunto como si hubiese oído la barbaridad más grande de mi vida.

—Yo creo que sí. Y es normal. Yo también lo estoy.

Boom. En treinta segundos me acaban de soltar dos bombas informativas. Una, que mi amigo Manu podría sentir algo por mí y dos, que Jack está enamorado de mí. Menos mal que estoy tumbada y no hay peligro de que me tropiece por culpa de los nervios.

—Eso es una tontería —digo.

—¿Que yo esté enamorado de ti?

—No, no... Lo de Manu... Es mi amigo, eso es imposible.

—¡Ja, ja, ja! Laura, los amigos también tienen sentimientos, ¿sabes? He visto cómo te mira y bueno... Lo que hizo con el colgante de tu abuela es muy bonito... Yo pienso que Manu te quiere más que para amiga...

Me quedo callada pensando en esa posibilidad. A ver, no es tan descabellado pero... ¿Manu? ¿Enamorado de mí? Buf, ahora ya no sé qué pensar. Miro a Jack y sus ojos me atrapan de nuevo, haciendo que sus suposiciones sobre Manu queden relegadas a un rincón de mi mente. Ahora estoy aquí, con él, y eso es lo que me importa en este momento.

—¿Y tú? ¿Me quieres también más que «para amiga»? —me atrevo a preguntar.

—¿Yo? Yo te quiero para venir de gira conmigo por todo el mundo, para escribirte canciones cada día y para ver las estrellas todas las noches.

Nuestras caras se acercan y nos volvemos a besar mientras nos fundimos en un abrazo. Y así es como nos quedamos dormidos, bajo un manto de estrellas que es testigo de una de las noches más románticas de mi vida.

CAPÍTULO 15 ♥ Algún día

Jueves, 15 de julio.
6.40 horas

El piar de unos pajaritos se cuela en mis sueños. ¿Es real o sigo dormida? Noto una ligera sensación de calor en mi cara, como una caricia que cada vez se vuelve más intensa. Abro los ojos y todo cobra sentido.

Sigo en aquel terrado decorado con flores y velas, tumbada en ese colchón donde reposan múltiples cojines. Es todo tan mágico... Y a mi lado está él. Jack. Qué guapo está cuando duerme. Un mechón de pelo le cae por la frente y no puedo evitar quedarme hipnotizada con el aleteo de su nariz cada vez que respira. Podría quedarme todo el día aquí quieta, observándolo mientras descansa. Qué sensación tan rara...

—Bonita, sé que tú miras a mí... —dice sin abrir los ojos.

—¡Ja, ja, ja! Pero ¿tú eres mago o qué?

—Si yo fuese mago, tú hoy vienes a Los Ángeles conmigo y no a Almería.

—¡Ja, ja, ja! Estás fatal de la cabeza.

—Ven conmigo, un abrazo de buenos días.

Me tumbo sobre su pecho y nos quedamos abrazados un par de minutos que me saben a gloria. Compruebo la hora en el móvil: son las siete menos veinte de la mañana. Llega el momento de irse. Jack y yo nos ponemos de pie, recogemos nuestras cosas y abandonamos ese terrado de ensueño.

Veinte minutos más tarde entramos en el hotel donde, cosas de la vida, me encuentro con mi abuela y mi madre, que se dirigen hacia el comedor. En la cara de mi madre al verme hay un rictus de espanto; mi abuela, en cambio, es todo sonrisas. Me parto.

—¡Hola! —saludo sin soltar la mano de Jack.

—Buenos días, chicos —responde mi abuela—. ¿Habéis dormido bien?

—Buah, genial... Cuando os cuente dónde me ha llevado Jack, flipareis.

—Era una pequeña sorpresa para Laura —dice él cortado.

—Así me gusta, un chico detallista —afirma mi abuela.

—¿Queréis desayunar? —pregunta mamá.

—Yo no puedo, tengo reunión de equipo dentro de veinte minutos y quiero duchar antes. Muchas gracias.

—Yo sí que me quedo —anuncio—. Nos vemos luego, ¿vale? —le digo a Jack.

Él asiente con la cabeza, me da un beso en la mejilla y se marcha hacia el ascensor con esos andares de estrella del rock que tanto me gustan. Mi abuela, mi madre y yo entramos en el comedor, elegimos una mesa cerca de la ventana y nos vamos directas al bufet para decidir lo que vamos a desayunar. Dos minutos después aparece mi padre, tan sonriente como siempre, y me da un abrazo de buenos días. ¡Cómo me gusta estar con ellos aquí y ahora, en un día tan especial! **Bip. Bip.** Mi móvil ataca de nuevo.

Ma ¿Alguien sabe si Laura sigue viva?

An Se fue con Jack, no con un carnicero.

Mu Pues yo me fío más del carnicero que de Jack...

E No se conecta desde anoche... O no sigue viva y se lo pasó tan bien que se olvidó del móvil. ¡Ji, ji, ji!

¿Se puede saber por qué habláis como si yo no estuviese presente? ¿Me habéis echado del grupo y aún no me he enterado? L

Ma Aaay, si estás aquí.

Sí, vengo de desayunar con mis padres. ¿Nos vemos en la puerta de mi cuarto? L

Ma Sííí.

E ¡Claro!

Mu Conmigo no contéis, yo no he comido nada todavía y me muero de hambre. Os veo luego.

An Yo también voy camino del comedor, a desayunar. Luego os vemos, chicas.

Pues será reunión femenina. Cuando salgo del ascensor veo a María y Eva esperándome como si fuese Navidad y yo Papá Noel con el saco de regalos. ¡Qué caras de emoción!

—¡Cuenta, cuenta! —me grita María y me agarra del brazo.

—¿Cómo fue anoche? ¿Qué hicisteis? —pregunta Eva.

—Buah... Fue **TAN** guay... Fuimos al terrado de un edificio que estaba decorado con lucecitas, flores y con un colchón con muchos cojines. Hemos dormido ahí, bajo las estrellas... Ha sido tan... tan...

—¡Romántico! —exclaman las dos a la vez.

—¡Ja, ja, ja! Sí, romántico... Y especial, y bonito, e increíble... ¡Ha sido lo más!

—Tíííaaa, qué envidia... A ver, envidia sana ¿eh? Me encantaría que eso me pasara a mí también.

—Es como de película —añade Eva.

—¿Y tú? Porque después de tu actuación de ayer, no me vas a decir que no has vuelto a hablar con Robbie...

—Bueno... —dice sonrojándose.

—¿Cómo? ¿Has hablado con Robbie y **NO** me lo has contado? —le espeta María con cierta indignación.

—No ha sido nada... O sea, me pidió el teléfono ayer y...

—¿Que te pidió el teléfono? —exclamamos María y yo como si lo hubiésemos ensayado para estar coordinadas.

—¡Ja, ja, ja! Sí. Nos hemos mandado unos cuantos whats, pero ya está... Además, hoy nos vamos, así que la historia se acaba antes de que empiece.

—Uy, eso nunca se sabe... Mira lo que le pasó a Laura en Londres.

—Sí... La realidad supera a la ficción. Te lo digo yo.

Nos despedimos y yo me meto en mi cuarto para hacer las maletas antes de emprender un nuevo viaje, esta vez con destino a

Almería, mi casa. Tengo una sensación agridulce porque, por una parte, me muero de ganas de volver a mi ciudad, a mi barrio, a mi habitación..., pero, por otra, me da mucha pena que este sueño termine. Pensar que no volveré a ver a Jack me llena de tristeza...

Vamos, Laura, no te derrumbes.

Son las diez de la mañana. Hora oficial de los check outs. Bajo a la recepción del hotel y allí me encuentro con mis amigos, mis padres y parte del equipo de la gira. También está Jena, que en cuanto me ve viene disparada hacia mí.

—¡Laura! No sabía si habías vuelto al hotel —me comenta guiñando un ojo.

—¡Ja, ja, ja! ¿Cómo iba a volver a Almería sin despedirme del equipo de gira más top del mundo?

—Me gusta veros juntos, chicos. No quiero ponerme triste ni sentimental, que conste. Solo quiero daros las gracias porque ha sido un placer trabajar con vosotros. Habéis sido unos fantásticos bailarines, compañeros de gira y chicos a los que cuidar... ¡Os echaré de menos!

Los seis nos abrazamos y una sensación extraña, un tanto incómoda, se apodera de mi estómago. Siento una oleada de tristeza que mucho me temo irá aumentando a medida que nos vayamos despidiendo de la gente de la gira. Pero lo peor está por llegar... Decirle adiós a The Rocks y despedirme de Jack será lo más duro. Sumida aún en esos pensamientos, los veo llegar a la recepción y veo también que Jack me busca con la mirada. Cuando me encuentra me dedica una sonrisa y me hace un gesto con la mano para indicarme que viene enseguida.

—*Eva, how are you?*

—Ho... Hola, Robbie —responde mi amiga, quien no esperaba que el guitarrista de The Rocks apareciese por su espalda.

—Gusta verte aquí. He pensado una idea para ti.

—¿Una idea? —pregunta intrigada.

El resto del grupo estamos presentes en esta conversación que no sé si debería ser privada o no. Pero viendo que Eva está un pelín nerviosa, creo que está bien que nos tenga aquí de apoyo.

—*Yesterday* fue éxito. ¡Muy buenas críticas de canción de tú y yo!

—¿En serio? —exclama sorprendida.

—*Yes. So*... He pensado que sería bueno que tú grabar un *duet* con The Rocks.

—¿Perdona?

—*Yes.* En unas semanas volvemos al estudio y quiero una canción con tu voz. **¿Estás *free* para venir a Los Ángeles?**

La cara de Eva es indescriptible. Bueno, la suya y la nuestra, porque la propuesta nos ha pillado a todos por sorpresa. ¿Eva cantando con The Rocks en Los Ángeles? ¡Esto no es de película, sino de fanfic! Estoy tan flipada que cuando una mano me toca la muñeca doy un bote del susto. Ahora es Jack el que flipa por mi reacción.

—Laura, ¿puedes venir un minuto conmigo?

—Sí, claro... ¡Qué susto me has dado!

—¿Por qué?

—¿Sabes que Robbie le acaba de pedir a Eva que se vaya a Los Ángeles a grabar una canción con vosotros?

—¡Ja, ja, ja! Claro que lo sé... Hemos decidido eso en la reunión de esta mañana. Yo soy parte de The Rocks, ¿sabes? —me dice con ironía.

—¡Ja, ja, ja! Ya, ya... Vaya preguntas que hago...

—Me gustan tus preguntas. Y me gustas tú.

Nos hemos dirigido a un espacio situado al lado de las escaleras que nos brinda cierta intimidad. Está todo el mundo en la recepción y creo que Jack necesita decirme algo en privado.

—Bueno...

—Bueno... —repito.

—No voy a decir adiós porque vamos a volver a vernos.

—¿Ah, sí? —respondo sin demasiada convicción—. Eres muy optimista.

—No, pero creo en esto. —Se toca el pecho—. Y creo en ti. Y creo que el destino es bueno y tú y yo nos veremos pronto. Por eso quiero que tengas esto.

Jack extiende las manos y se saca del dedo su anillo, el de las notas musicales que lleva desde que The Rocks empezó. No puedo creer que me lo esté dando.

—¡Jack! No puedo aceptarlo, es tu anillo...

—*Yes.* Y como es mi anillo quiero que ahora sea tuyo. Así siempre estaré cerca aunque mi cuerpo esté lejos...

—Jack...

Trago saliva. **Tengo ganas de llorar pero no quiero.** Jack y yo nos abrazamos y noto cómo su corazón va a mil, como el mío. Ambos latidos se mezclan y se convierten en uno, igual que Jack y yo con este abrazo.

—No sé qué decir... Gracias...

—No, gracias no. Lo que tienes que decir es sí.

—¿Sí?

—*Sorry, guys, but it's time to leave, Jack.*

Uno de los asistentes de producción interrumpe nuestra conversación para llevarse a Jack. Él asiente y le pide un minuto para darme un último beso y un último achuchón. Cuando volvemos a la recepción y se une al resto de la banda, me doy cuenta de que esta historia, la de la gira europea, ha llegado a su fin. Lo que venga después, ya se verá. Los fans están en la puerta y Jack se vuelve para mirarme por última vez, y aunque me dedica una sonrisa, esta vez es distinta porque detecto cierta amargura en ella. La amargura del adiós.

Viernes, 30 de julio. 9.30 horas

—Laura, ¿has metido los bocadillos en la bolsa?

—Sí, mamá. ¿Qué quieres, zumo o refresco?

—Uno de cada, por si acaso.

Ya huele a vacaciones, vacaciones de las de toda la vida. Papá está acabando de cargar el coche con las maletas, y mamá y yo estamos preparando los últimos detalles. ¡Ganas máximas de tumbarme al sol y desconectar de todo! **Bip. Bip.**

S Perdona, me quedé sin batería y acabo de ver tu mensaje. ¿Ya has salido?

Tranqui, guapi. Estamos a punto... ¡Qué ganas! L

S Lo vas a pasar genial. Pero prométeme que cuando vuelvas sacarás tiempo para venir un finde a Madrid. 🙏 Quiero que conozcas a mis amigos, te caerán genial.

¡Tengo muchas ganas! Ya sabes que no depende de mí, pero seguro que puedo convencer a mis padres. L

S Por cierto, qué mono Jack, ¿no?

¿Mono? L

S Tía...

S [pantallazo de una foto de Instagram]

Sara me manda un pantallazo de la última publicación de Jack en Instagram. Vaya, aún no la había visto. En la foto salen sus manos extendidas y a pie de foto ha escrito «EMPTY», «vacío» en inglés. Automáticamente miro mi mano derecha en cuyo dedo corazón reposa su anillo. Jo... qué ganas de verlo.

L

S Tía, seguro que os volveréis a ver pronto.

Ojalá... L

Tengo que dejarte, mi padre me reclama. L

Te escribo cuando llegue.

S ¡Que tengáis buen viaje!

Mamá y yo salimos de casa. Mi padre nos espera de pie junto al coche. Mis abuelos vendrán dentro de unos días. ¡Qué ganas de pasar estas vacaciones en familia! Me subo en el coche, me pongo el cinturón y mi móvil comienza a vibrar como si no hubiese un mañana.

E Chicooos. Ya es oficial: me voy a Los Ángeles.

Ma Whaaat?

E Me acaban de mandar los billetes al mail. ¡Estoy que no me lo creo!

An ¿Y no cabemos nosotros en la maleta?

Mu Yo estoy un poco cansadito de The Rocks, la verdad. ¿No podrías negociar un dueto con otro grupo?

E Sí, si te parece se lo pido a Ariana Grande, a ver qué dice.

Mu ¡Me flipa!

¡Pero buenooo! ¡Qué pasada, Eva! L

¿Cuándo te vas?

E Todavía no hay fecha concreta, son billetes abiertos, pero me han dicho que esté disponible desde mediados de agosto hasta mediados de septiembre.

Mu Jolines con las estrellas del rock. Se creen que el resto de los humanos no tenemos vida...

E Bueno, no me voy a quejar.

Ma ¡Yo estaría disponible todos los meses del año!

¡Cómo mola, Eva! L

También tengo un mensaje privado de Eva.

E ¿Estás bien?

Sí. ¿Por qué? L

E He visto la última publicación de Insta de Jack, y al decirte ahora lo de Los Ángeles... No sé, quería saber qué tal estabas...

Lo echo de menos, no te voy a mentir. L

E Imagino... Ha sido todo tan intenso...

Sí... Pero algún día tenía que terminar... L

E Puede que esto sea una locura pero...

¿? L

E ¿Por qué no te vienes conmigo a Los Ángeles?

¿Qué dices? L

E La discográfica me ofreció billetes para dos y aún no sé cuál de mis padres vendrá porque los dos trabajan y tienen que ver cómo se lo montan. ¿Por qué no vienes tú conmigo?

 L

Pero... ¿y Jack? L

E ¿Cómo que «y Jack»? ¡Le darás la sorpresa de su vida!

Haremos una cosa... Lo consulto con la arena de la playa y te lo digo en unos días, ¿puede ser? L

E ¡Claro, tonta! Pero piénsalo... sería muy TOP.

¡Ja, ja, ja! Lo sé, lo sé. Te dejo, que nos hemos puesto en marcha y como siga con el móvil acabaré echando el desayuno por la ventanilla... ya sabes... L

E Puaj, no quiero imaginarlo. Buen viaje, hablamos luego.

Vuelvo a entrar en el chat del grupo para despedirme

Chicos, desaparezco un rato, que salimos ya de viaje. L

Mu Y la señorita se marea...

PE-SA-DO. L

E Buen viaje, nena.

Ma Hablamos luego, muuuaaac.

An Manda una foto de la playa en cuanto llegues.

Besos a todos, hablamos luego. L

Salgo del chat y de WhatsApp y dejo el móvil a mi lado, en el asiento. Papá ya ha puesto uno de sus mix musicales y calculo que en dos minutos le tendremos haciendo karaoke con tanta pasión como si estuviese en una audición de *La Voz*. **Bip. Bip.** Seguro que Manu ha soltado una última burrada... ¡Qué tío!

J I miss you.

El corazón me da un vuelco. Jack. El anillo. La propuesta de Eva. Las mariposas de mi estómago. **PAUSA.** Necesito un respiro. Por ahora voy a disfrutar del viaje, de los momentos musicales con mis padres y del aroma a salitre de la playa. Y lo que tenga que ser, será.

AGRADECIMIENTOS

Ha sido todo un privilegio tener la oportunidad de continuar esta historia.

Si estás leyendo esto, te doy las gracias por acompañarme una vez más, sé que no será la última. Has sido testigo de todos mis triunfos y batallas, tanto fuera como dentro de este libro, y solo por eso te mereces mi agradecimiento más sincero.

Me gustaría dedicar este libro a las personas que son imprescindibles en mi vida:

Mi familia, vosotros os merecéis mil y un aplausos por soportarme y ayudarme SIEMPRE. Gracias por apoyarme y hacerme de guía, me habéis enseñado todo lo que sé.

Mis amigxs, ¡SOIS ESPECIALES! Gracias a los que continuáis a mi lado, estoy muy orgullosa de teneros. A veces no me doy cuenta de la suerte que he tenido al encontrarlos. Gracias sobre todo por demostrarme cada día lo mucho que valéis.

Mis profesorxs, por vuestro sacrificio y constancia. Este libro es parte de vuestras enseñanzas.

Y por último, no me olvido de vosotros, mis seguidores, esa enorme familia que hemos creado y no para de crecer. Quiero daros las gracias por quererme tal y como soy, por apoyarme a través de una pantalla y sin ella, por regalarme vuestra sonrisa más sincera, por los abrazos y por el cariño que me dais. ¡Sois únicos! Vosotros me habéis demostrado que con constancia y esfuerzo puedes conseguir lo que te propongas.

¡Mirad lo que hemos logrado! Sí, lo digo en plural porque esto no sería posible sin vosotros.

¡GRACIAS!